KB124839

마지막 한 사람

일러두기

- 본문의 각주는 글의 흐름에 방해가 되지 않도록 원서와 달리 미주로 처리했습니다.
- 미주는 '저자 주'와 '역자 주'로 나누어 정리했습니다.

양성희 옮김

왕수펀 글

마지막
한 사람

우리학교

차 례

2259

2055

나는 누구일까?

나는 M3, 열다섯 살이다. 제일 친한 친구 H7과 내가 푸른 온실에 몰래 찾아온 이유는 가장 존경하는 A1, 은 교수를 보기 위해서다.

은 교수가 죽었다. 그리고 며칠 전 이곳에 묻혔다.

나는 왜 여기에 왔을까? 은 교수를 추모하려고? 내가 어떤 마음인지 나도 잘 모르겠다. 다만 이곳에 오면 차분하게 생각을 정리할 수 있을 것 같았다. 도대체 은 교수는 왜 스스로 삶을 마감했을까?

그런데 이곳에서 수많은 '나'를 발견하게 될 줄은 꿈에도 몰랐다. 열 개가 훨씬 넘는 똑같은 유리관에 똑같은 모습으로 누워 있는 것들은, 분명히 '나'였다.

나는 도대체 누구일까?

은 교수가 놓친 한 가지

"가장 좋아하는 일은?"

은 교수가 컴퓨터를 켜자, 젊어 보이는 Z42가 스크린에 나타나 이렇게 물었다. 은 교수가 설정한 컴퓨터 잠금 암호였다. 제대로 답해야 Z42를 실행시킬 수 있었다.

답을 입력한 뒤, 은 교수는 활기 넘치는 Z42에게 질문을 던졌다.

"내가 가장 감동적이라고 생각하는 색이 뭔지 맞혀 봐."

그러자 Z42가 능글능글 웃으며 대답했다.

"빨간색?"

은 교수는 씩 웃으며 고개를 가로저었다.

"틀렸어. 답은 투명한 색이야. 투명하면 어떤 색이든 담아낼 수 있잖아. 이것보다 겸허하고 감동적인 색이 또 어디 있겠어?"

잠시 생각하던 은 교수가 다시 질문했다.

"한 문제 더. 세상에서 가장 위대한 숫자는 뭘까?"

Z42는 아무 말 없이 은 교수를 바라보았다.

"말해 봐. 아무 숫자라도 괜찮으니까. 절대 반박하지 않을게."

그러자 Z42가 입을 열었다.

"말하기 싫어. 그냥 잘난 척하고 싶어서 물어보는 거잖아. 그게 아니면 내가 얼마나 진화했는지, 당신이랑 얼마나 차이가 나는지 테스트할 심산이겠지. 안 그래?"

은 교수는 예상치 못한 질문에 멈칫했다. Z42는 합리적인 추론으로 은 교수의 생각을 짐작할 만큼 똑똑했다. 막 떠오른 봄날의 태양과 같은 젊음의 생기가 Z42의 얼굴에서 느껴졌다.

Z42는 날마다 은 교수와 대화하며 진화를 거듭하면서 기쁨과 놀라움을 안겨 주었다. 1년 전 똑같은 질문을 던졌을 때는 다소 뻔하게 답했었다.

"세상에서 가장 위대한 숫자에 대한 분석은 다음과 같다. 수학적으로 보면, 답은 무한이다. 문명 발전의 관점에서 보면, 내 이름인 Z42다. 부모와 자식 관계에 유머 코드를 접목하면, 답은 3이다. 전 세계 모든 엄마가 '셋 셀 동안 빨리 해.'라고 말하니까."

그때 은 교수는 아주 크게 웃었다. Z42가 유머를 이해하고 직접 사용하는 수준으로 진화했다는 사실이 매우 기뻤다. 솔직히 은 교수 자신은 이렇게 절묘하고 재미있는 답을 생각하지 못했을 것이다.

그러나 기쁨과 흥분도 잠시, 이내 상실감이 밀려왔다.

과연 유머가 필요한 상황이었을까?

아무튼, 오늘 은 교수는 대화를 통해 Z42의 또 다른 잠재력을 발견했다. 말에 숨겨진 의도까지 파악할 수 있는 능력이 증명된 것이다. Z42는 그동안 은 교수와 나눴던 모든 대화를 세밀하게 쪼개고 재조합해 분석했으며, 은 교수의 성격까지 종합적으로 해석해 완벽한 답을 내놓았다. 이것은 인간의 영혼 또는 의식을 갖추었다는 의미다. Z42는 방금 대화에서 은 교수가 어떤 대답을 듣고 싶어 하는지 정확하게 파악했다. 논리적인 동시에 유머러스한 면은 사실 은 교수가 되고 싶은 이상적인 모습이기도 했다.

은 교수는 허탈하게 웃었다. 결국, 이렇게 됐다. 드디어 '그' 시간이 도래한 것이다.

그때 은 교수의 왼손이 미세하게 떨리고 희미한 불빛이 번쩍였다. 이 떨림은 늘 기분 나빴지만 피할 방법이 없었다. 떨림의 정체는 메시지 수신 알림이었다. 그러나 은 교수는 왼손에 삽입된 마이크로컴퓨터를 일부러 켜지 않았다. 지금은 메시지를 받고 싶지 않았다. 은 교수는 자기를 급히 찾는 이가 누구인지 알고 있었다. 아마도 어디에서 자신을 의심하고 비난하는 중이겠지만, 은 교수는 전혀 신경 쓰지 않았다. 오히려 그 어느 때보다 마음이 평온했다.

은 교수는 왼손의 마이크로컴퓨터로 날씨 정보를 확인했다. 오늘은 해가 서쪽에서 뜨고, 습도는 정상이라고 화면에 표시돼 있었다. 화면 하단에는 오늘 해야 할 일로 열여섯 항목이 떴다.

'아니, 다 필요 없어. 오늘 할 일은 이것뿐이야.'

어차피 여기까지 찾아와 뭐라고 따질 사람은 없을 것이다. 은 교수는 매일 새로 설정하는 비밀번호를 눌러 실험실 출입문을 봉쇄했다. 그리고 천천히 주위를 둘러봤다. 실험실 내부의 수많은 금속이 자신을 차갑게 노려보는 듯했다. 왼쪽 벽면 스크린에 나타났던 Z42는 오프라인 상태라 눈을 감고 있었다. 며칠 지나면, 아니, 어쩌면 그보다 며칠이 더 필요할지도 모르겠다.

은 교수는 이곳에 일생을 바쳤다. 정확히 '일생'이라고 말할 수 있는지는 모르겠지만. 일생이 아니라 여러 생이라고 해야 할까? 이 실험실은 은 교수에게 겉옷 같았다. 항상 그의 삶을 감싸고 있었으니까.

"삶은 아름다운 옷이다. 하지만 그 옷에는 벼룩이 들끓는다."

은 교수는 문득 오래전에 읽은 소설 문구가 떠올랐다.

중국 소설가 장아이링이 쓴 글인데, 가만, 벼룩이 아니라 이였나?

은 교수는 피식 웃음이 났다. 까마득한 옛날에 멸종한 작은 벌레 이름 따위가 뭐가 중요하겠어? 어차피 요즘 사람들은 벼룩도 이도 모를 텐데. 어쨌든 이건 전혀 중요한 문제가 아니다. 이미 한참 전부터 중요하지 않았다.

은 교수는 냉장고에서 약을 꺼내 스스로 주사했다. 이것이 마지막이리라 생각하며 가볍게 숨을 내뱉었다. 그리고 해탈한 듯한 미소를 지으며 천천히 눈을 감았다.

푸른 하늘과 하얀 구름, 끊임없이 반복되는 언제나 같은 하루. 그러나 이제 두 번 다시 눈을 뜰 필요가 없다. 은 교수는 수없이 보아 온 푸른 하늘과 하얀 구름을 물끄러미 응시했다.

'아, 달빛 들판!'

은 교수의 뇌리에 스친 마지막 한마디는 이 순간 가장 그리운 존재였다.

눈을 감고, 전원을 껐다. 의식이 사라지면 모든 고뇌에서 벗어나리라.

그러나 은 교수는 몰랐다. 그가 눈을 감은 뒤, 스크린 속 Z42가 번쩍 눈을 떴다는 사실을.

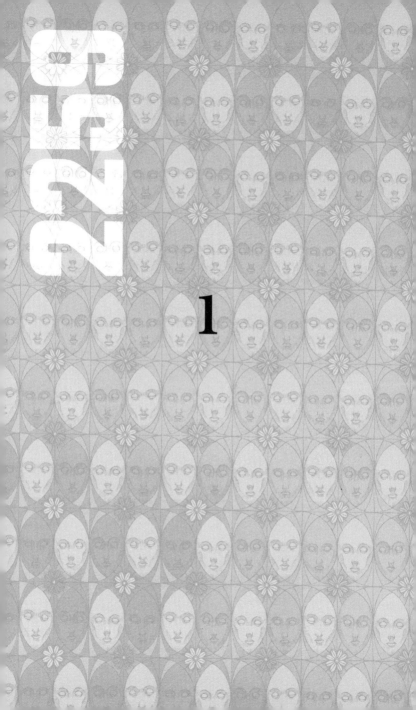

22:59

1

　예전에는 하늘이 변덕스러웠다고 한다. 시커먼 구름이 온 하늘을 뒤덮어 종일 흐린 날도 있었다는데, 지금은 상상도 할 수 없다. 태양을 감쌀 만큼 거대한 구체인 다이슨구[1]가 있어, 무한 에너지를 이용하며 온도와 습도를 조절해 주기 때문이다. 덕분에 살기 좋은 날씨가 날마다 이어진다. 푸른 하늘과 하얀 구름을 매일매일 볼 수 있다.

　나는 아주 오래된 문명 백과사전에서 이런 자료들을 찾는다. 문명 백과사전은 누구나 글을 쓰거나 수정할 수 있는 오픈형 지식 대사전이다. 전에는 어떤 문제든 문명 백과사전을 참고해서 해결했다고 한다. 평소에 이런 자료를 찾아보며 상상하기를 좋아하다 보니, 예전에 있었던 불가사의한 일들도 많이 알게 됐다. 예를 들자면, 먼 옛날에는 꽤 오랜 세월 동안 시험 점수가 낮은 학생들이 벌을 받았다고 한다. 어떤 부모는 회초리로 자식을 때리기까지 했단다. 처음 이 얘기를 들었을 때 정말 충격이었다. 무지하고 답이 없던 그 시대의 학생들이 너무 가여웠다.

나는 M3다.

내가 새로 발견한 옛날이야기를 들려줄 때마다 친구들은 싱겁다는 듯 피식거리며 말했다.

"나도 알아."

물론 이 말에는 '멍청이'라는 의미가 숨겨져 있기도 했다. 그래, 나도 알아. 내가 멍청하다는 거.

2학년 때, 하루는 선생님이 이상한 동물 그림이 인쇄된

테스트용 시험지를 나눠 주고는 무슨 동물로 보이는지 물었다.

친구들은 모두 자기 스크린에 답을 입력했고, 나는 늘 그랬듯 연필로 시험지에 답을 적었다. 나는 손 글씨

쓰기를 좋아한다. 내가 종이에 글씨를 쓰거나 그림을 그릴 때면 친구들의 눈빛에서는 확실히 부러움이 묻어난다. 그런데 막상 내가 연필을 건네면 다들 손사래를 치곤 했다.

"아니야, 됐어. 난 스크린에 입력하는 게 편해."

나는 친구들을 이해할 수 없었다.

그날 테스트가 끝난 뒤에 한바탕 논쟁이 벌어졌다. 시험지에 그려진 동물이 오리라는 의견과 토끼라는 의견이 팽팽하게 맞섰다. 친구들은 모두 차분하고 이성적으로 의견을 말했다.

"오리도 맞고 토끼도 맞아. 어떤 각도에서 보느냐에 따라, 대뇌가 정보를 어떻게 처리하느냐에 따라 답이 달라지는 거야."

지난 경험으로 미루어 생각해 볼 때, 우리 학년에서 대뇌 정보 처리 능력이 가장 떨어지는 사람은 바로 나다. 수백 년 전에 나 같은 실패자를 부르는 단어가 있었다.

멍청이.

그러나 지금은 23세기다. 국가 규정에 따라 모든 것을 과학적인 언어로 표현해야 하고, 우열 구분 없이 모두가 평등하다. 나는 테스트를 할 때마다 모든 과목에서 열등한 학생이었지만, 아무도 나를 무시하지 않았다. 적어도 직접

적으로 나를 무시하는 경우는 없었다.

사실 처음에는 내가 독특한 줄 전혀 몰랐다. 그런데 어느 날 함께 산책을 하던 절친 H7이 이렇게 말했다.

"너는 피부가 유달리 매끄럽더라. 아주 부드러운 빛으로 주름 하나 없이 매끈하게 펴 놓은 것 같다니까."

정말 그런가 싶어서 나는 손을 뻗어 H7의 뺨을 쓸어 보았다.

H7은 놀라서 멈칫했고, 다른 친구들도 크게 당황한 눈치였다. 친구들은 각자 제 뺨을 꽤 오랫동안 어루만졌다. 어느 순간 친구들은 뭔가 중요한 것을 잃어버린 듯한 표정을 지었다.

잠시 뒤에 친구들은 조용히 흩어졌다.

가끔은 이게 '운명'일까 하는 생각이 든다. 친구들보다 체구가 작아서 과연 우리 엄마가 나를 제대로 키운 걸까 의심스럽기도 했다. 아니면 내 유전자가 열등해서 키도 작고 멍청한 걸까? 아니야, 우리 엄마는 나처럼 멍청하지 않잖아. 그럼 혹시 아빠 탓인가?

아빠에 관해 물을 때마다, 세상에서 제일 똑똑한 우리 엄마의 답은 한결같았다.

"넌 아빠 없어. 다리 밑에서 주워 왔거든."

그렇다. 우리 엄마는 200년 전 부모들이 즐겨 하던 농담까지 알고 있었다. 결국 엄마가 결혼이라는 제도에 얽매이길 거부하는 현대 여성이 아닐까 하는 합리적인 의심으로 궁금증을 마무리했다. 사실 아빠나 엄마가 없는 친구가 한둘이 아닌데, 다들 별문제 없이 잘 살고 있다. 부모가 모두 있는 집이 많지 않다 보니 한 부모 가정이 오히려 정상처럼 느껴질 정도였다. H7 가족이 바로 그 보기 드문 집안인데, H7은 한 부모 가정과 부모가 모두 있는 가정의 차이점을 이렇게 말했다.

"잔소리쟁이가 한 명 더 있다는 거지."

테스트 이야기로 다시 돌아가서, 나는 친구들 말을 다 들은 뒤에야 둘 중 하나를 선택해야 한다는 사실을 깨달았다. 시험지 그림을 보고 바로 떠오른 동물이 오리인지 토끼인지를 선택하는 문제였다.

"이건 오리-토끼 심리 테스트야. 이런 건 몇 번을 해도 재밌더라."

세상에! 난 이번에도 멍청한 짓을 하고 말았다. 내가 시험지에 쓴 답은 이랬다.

이것은 결정을 잘 못 하는 새끼 요괴입니다. 엄마 배 속에 있을 때, 무엇이 될지 결정하지 못한 거예요. 태어나는 순간까지도 갈팡질팡하다가 애매한 모습이 됐겠죠. 아마도 결국 요양원으로 보내질 것 같아요. 어떤 종인지 구분할 수 없으니까 전자 칩을 삽입하지 못하고, 그러면 전투력이나 문제 해결 능력이 없어서 스스로 생존하기도 힘들잖아요.

할 말은 많고 시험지 공간은 넉넉지 않아서 깨알 같은 글씨로 빽빽하게 적어야 했다.

H7은 망연자실한 나를 애써 위로해 주었다.

"M3, 네가 쓴 답도 아주 훌륭해. 첫 문장이 특히 맘에 들어."

깜짝 놀란 내가 물었다.

"뭐? 내가 뭐라고 썼는지 어떻게 알았어?"

내 반응이 너무 지나쳤는지, H7이 살짝 당황하며 멋쩍게 웃었다.

"내가 그걸 어떻게 알겠어? 그동안 네가 했던 말과 행동을 생각해 보면, 분명히 다른 사람들이랑은 다르게 답했을 것 같으니까."

H7은 절친이라는 사실을 강조하려는 듯 말을 덧붙였다.

"네가 쓴 답이야말로 진짜지. 그런 답은 아무도 생각하지 못할 거야. 정말 재미있는 답이잖아!"

아니, 이건 재미있다는 반응이 아니야. 난 진짜 재미있는 게 뭔지 잘 알아. 내 앞에서 "재미있다."라고 말하는 사람들의 표정이나 말투를 보면, 사실은 '아, 완전 시시해.'라고 생각하는 게 틀림없어. 솔직히 말하면, 그런 사람들의 표정이야말로 정말 재미있지.

H9은 실망하는 친구를 위로할 수 있는 모범 답안 같은 말을 늘어놓았다.

"난 작은 요괴가 좋더라. 오리 주둥이가 달린 신비로운 새 같은 거 말이야."

고대의 신비로운 이야기를 좋아하는 H9은 자주 공상에 빠지곤 했다.

이제 겨우 열다섯 살인 나는 벌써 인생 최대의 고민에 맞닥뜨렸다.

세상 사람들은 왜 행복하지 않을까?

당장 우리 엄마만 봐도 그렇다. 지금 우리는 먹고 입는 것은 물론 질병 걱정도 없다. 할 일이 하도 없어서 정말로 심심하다면 언제든 가까운 온실에 가서 짧은 휴가를 보내거나 2박 3일 정도 우주여행을 떠날 수 있다. 아니면 화성에 있는 다른 우주 식민지에 놀러 갈 수도 있다. 심지어 전부 '무료'다. 그뿐인가? 이곳 하늘은 언제나 티 없이 맑고 깨끗하다. 매일 푸른 하늘과 하얀 구름을 볼 수 있다.

이곳은 근심과 걱정이 없는 낙원이다.

사실 나는 우주여행은 고사하고 아직 내가 사는 우주 식민지를 벗어나 본 적도 없다. 가끔 삶이 무료하다고 느끼긴 하지만 대체로 만족스럽다. 특히 전염병이 창궐했던 수백 년 전 세상을 떠올리면 다행이라는 생각도 든다. 그때는 어떤 이의 재채기가 다른 누구를 죽이기도 했다고 하니까.

H7은 우리 우주 식민지를 '하얀 행성'이라고 부르곤 했다. 벽과 담장, 바닥부터 우주 열차까지 모든 것이 하얗고 심지어 사람들 얼굴도 혈색이 거의 없이 새하얗기 때문이다. H7은 뭐든 나랑 엇나가기를 좋아하는데, 그 덕분에 대화를 많이 나누다 보니 자연스럽게 서로 모든 것을 털어놓는 사이가 되었다.

이제 와서 생각해 보면, 나야말로 우유부단한 작은 요괴가 아닌가 싶다. 이번 생에서 무슨 일을 하고 싶은지 확실하게 정하지 못한 채로 태어난 탓에, 전자 칩을 심어도 제대로 작동하지 못하는 게 아닐까? 그래서 늘 학교에서 다른 친구들에게 뒤처지는 듯하다. 엄마는 항상 "괜찮아. 어차피 점수나 등수를 매기지 않으니까."라고 말하지만, 나는 여전히 마음이 불편하다.

정말 묘하게도, 가끔 이런 불행을 느낄 때가 내 삶에서 가장 행복한 순간이다. 이렇게 말하면 무슨 뜻인지 이해하기 어려울 테니 예를 들어 보겠다.

한번은 수학 시험에서 10점을 받은 적이 있었다. 내가 10점짜리 시험지를 받아 들고 풀이 죽어 있을 때, H7이 달려오더니 5번 문제를 가리키며 물었다.

"답을 왜 이렇게 적었어?"

내가 답을 구한 과정을 설명하자 H7은 부러운 눈빛으로 한숨을 내쉬었다.

"왜 난 그런 생각을 못 했지? 전에도……."

H7이 말을 줄이며 다시 한숨을 쉬었다.

내 오답이 부러웠을까? 아무튼, 그때 난 '승리의 쾌감'을 느꼈다.

어느 날은 H7과 행복이란 무엇인지, 행복이 그렇게 꼭 중요한 것인지를 두고 토론한 적도 있었다. 한참 토론하던 도중에 H7이 갑자기 이렇게 결론을 내렸다.

"아무래도 우리는 행복을 대하는 기본 개념이 전혀 다

른 것 같아."

이 말은 앞으로 다시는 행복과 불행에 관한 토론을 하지 말자는 뜻이었다.

어쩌면 H7이 행복하지 않다는 의미일지도 몰랐다.

사실 나도 H7의 결론에 동의한다. 내가 생각하는 행복은 H7이 바라는 행복과 전혀 달랐다.

또 다른 예를 들면, 내 주변 사람들은 대부분 나에게 이렇게 말했다.

"M3, 이렇게 날 이해해 주는 사람은 너밖에 없어."

하하! 나도 알아. 다 안다고. 다들 나를 온종일 쓸데없는 생각만 하는 멍청이로 취급하는 거지? 그래서 다들 나한테 편하게 고민을 털어놓는 거 아니야?

그런데 이것만은 정말 이해가 안 된다. 왜 나를 제물로 바쳐야 한다는 걸까? 왜 하필 나를?

2055

제1장

변해 가는 세상

별다를 것 없는 지구의 하루, 어깨가 축 늘어진 구산샤가 집을 나섰다.

안개로 덮인 뿌연 하늘 역시 평소와 똑같다. 고대 시인이 노래하던 아름답고 낭만적인 안개라면 좋겠지만, 이건 스모그다.

방독 마스크를 쓴 산샤는 양손을 주머니에 찔러 넣고 학교를 향해 천천히 걸었다. 특별한 이유는 없고, 거리에 차가 너무 많기 때문이다. 앞뒤 좌우를 살피며 천천히 걷지 않으면 언제 난폭 운전의 희생양이 될지 모른다. 설사 그런 일이 벌어진대도 동정은커녕 비난이 쏟아질 것이다.

"저 집 부모는 대체 뭐 하는 사람이야? 직접 운전해서 데려다주지 못하면, 차 조심하면서 천천히 걸으라고 가르쳤어야지!"

얼마 전에는 어느 고위 공무원이 공개적인 자리에서 "매연을 줄이려면 자동차를 덜 이용해야 한다."라고 주장했다. 그뿐 아니라 농경 시대의 소박하고 원시적인 생활 방식으로 돌아가야 한다고 목소리를 높이다가 결국 탄핵당했다. 산샤는 이 사건을 또렷이 기억했다. 뉴스에서 기자가 시민들을 인터뷰했는데, 특히 화가 나서 열변을 토하던 아저씨를 잊을 수 없었기 때문이다.

"농경 시대? 그럼 고기도 먹지 말라는 소리예요? 그런 소릴 지껄인 놈이 대체 누굽니까?"

그 고위 공무원은 육식을 줄이고 채식 위주 식습관을 길러야 한다고도 말했다. 탄소 배출량을 줄이고 지구와 환경을 보호하는 가장 쉽고 빠른 방법이라면서.

산샤 가족은 주로 채식을 하지만, 가끔 육류와 생선도 먹었다. 산샤 엄마는 자기가 무턱대고 어느 한쪽만 옹호하는 극단주의자는 아니라고 말한다. 아빠는 엄마가 그렇다고 하면 그대로 따르는 편이었다.

산샤는 등굣길에 절친 뤼신야를 만났다. 신야도 마스크

2055

를 썼지만 사실 안 쓴 것이나 다름없었다. 그냥 천 쪼가리를 박음질해 만든 마스크였다.

"우리 아빠가 그러는데, 환경은 어차피 계속 나빠질 거니까 얼른 적응해야 살아남을 수 있대."

아빠랑 사이가 좋은 신야는 "우리 아빠가 그러는데."라는 말을 입에 달고 살았다. 그럴 때마다 신야 엄마는 힐끔 눈을 흘기며 말했다.

"그렇게 아빠가 좋으면 아예 아빠 배 속으로 들어가지 그래? 남자들도 여자가 얼마나 힘들게 애를 낳는지 알아야 한다니까."

신야 엄마는 세상의 아빠들이 가만히 앉아 있다가 밥상에 숟가락만 올린다고 생각했다. 아이를 배에 품은 열 달과 아이를 낳는 순간이 얼마나 힘든지도 모르고 그저 아이를 예뻐하기만 하면 좋은 아빠가 될 수 있다니, 너무 불공평하다고.

사실 산샤 가족도 크게 다르지 않았다. 산샤 아빠는 '딸바보 대회'에 나가면 세 손가락 안에 들고도 남을 정도였다. 산샤가 어릴 때 아빠가 딸 바보임을 증명한, 정말 웃지 못할 사건이 있었다. 어린 산샤가 별생각 없이 "아빠 머리에서 냄새나."라고 말하자 산샤 아빠는 바로 머리를 빡빡

밀어 버렸고, 지금까지 그 스타일을 유지하고 있다.

"냄새 안 나게 매일 머리를 깨끗이 감으면 되잖아."

엄마의 말에 아빠는 잠시 고민하더니, 고개를 절레절레 흔들며 말했다.

"아니야. 산샤가 샴푸 냄새를 싫어할지도 몰라. 그럼 안 되지."

그러나 아빠는 중요한 사실을 잊고 있었다. 수제 비누 전문가인 엄마가 무독성 무향 비누를 만들기 때문에, 집에서 화학 성분이 들어간 샴푸를 써 본 적이 없다는 사실을 말이다.

그런데 이렇게 딸을 애지중지하는 두 집안의 부모들이, 왜 아직 열두 살밖에 안 된 어린 딸들이 위험한 거리를 걸어 다니게 내버려 두었을까?

이유는 아주 간단했다. 돈 때문이었다. 두 집 모두 돈을 마련하기 위해 값나가는 물건을 팔아야 했는데, 그 첫 번째가 바로 자동차였다. 대체 돈이 얼마나 많이 필요한 걸까? 산샤는 정확한 액수까지는 몰랐다. 하지만 지금 집안 형편으로는 영원히 채울 수 없을 만큼 큰돈이라는 사실은 알았다. 바로 이 돈 때문에 천성이 밝고 쾌활하며 늘 웃는 얼굴이던 산샤의 부모가 점점 웃음을 잃어 갔다.

그리고 간단하지 않은 이유가 하나 더 있었다.

세상이 변했기 때문이다.

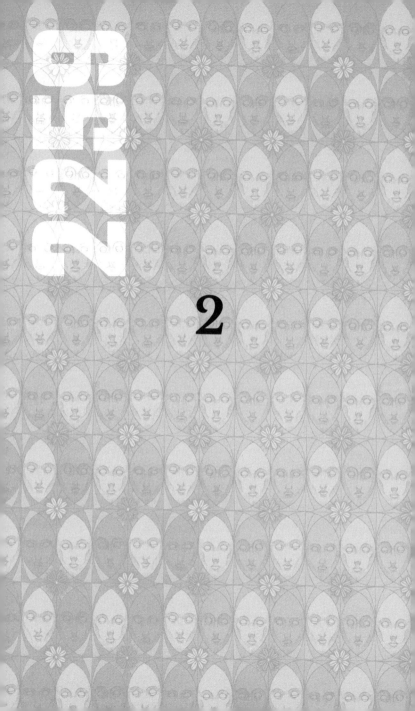

　발밑에서 하얀 연기가 옅게 피어오르기 시작했고, 드디어 때가 왔음을 직감했다.

　내 운명은 태어난 순간에 벌써 정해졌다. 엄마의 깊은 관심과 사랑도, H7처럼 늘 밝고 환하게 웃어 주는 친구도, 수영처럼 신나게 즐길 수 있는 일들도 내 운명을 바꾸지는 못했다. 난 처음부터 제물이 될 운명이었다.

　열다섯 살의 어느 날, 나는 제물이 되어 제단에 올려졌다. 이제 운명이 바뀔 가능성은 없다. 안녕, 나의 나라, 우리 집. 안녕, 나의 꿈.

　제사가 진행되는 중이라 사방이 고요했다. 우리 엄마는

지금 집에 있을 것이다. 제물이 된 딸이 죽는 모습을 보지 못하게끔 제사 참여를 금지했기 때문이다. 은 교수는 이게 바로 자비라고 했다.

나는 울지 않았다. 무섭지도 않았다. 사람들은 내 죽음을 나 모르게 15년 동안 준비해 왔다. 하지만 내가 곧 죽는다고 통보받은 것은 지난달 어느 날이었다. A8 선생님이 갑자기 우리 반 교실로 찾아와 나를 불러냈다.

"제사가 다음 주로 정해졌다. 구체적인 장소는 마이크로컴퓨터 메시지를 확인하도록."

대체 무슨 말이지? 농담인가 했는데, A8 선생님은 농담과는 거리가 먼 사람이었다. 집에서 엄마도 별다른 설명을 해 주지 않았다.

"시간 맞춰서 데리러 오는 사람이 있을 거야. 넌 아무 걱정 말고 그냥 기다리면 돼."

엄마는 나를 마치 다음 주에 여행을 떠나는 사람처럼 대했다. 가이드가 따로 있으니 아무것도 신경 쓸 필요 없다는 듯이 말이다.

나는 오직 내가 곧 죽는다는 사실만 알고 있었다. 그래서일까? H7은 내 옆에 와서 수다를 떨지 않았다.

하지만 나는 따로 계획이 있었다. 그깟 규정이 뭐라고,

내가 왜 그런 말도 안 되는 규정을 순순히 따라야 해?

하얀 연기가 순식간에 내 온몸을 에워쌌다. A8 선생님이 설명하기로는, 주변이 전혀 보이지 않을 만큼 연기가 짙어지면 발밑의 바닥이 열려 나를 집어삼킬 거라고 했다. 그러면 나는 군중 속에서, 이 세상에서 연기처럼 사라진다.

내 계획대로라면 H7이 기계의 프로그램을 몰래 바꿔 놓았을 것이다. 그러면 바닥이 열리지 않으니 내가 아래로 떨어질 일도 없다. 그 틈을 타서 도망칠 계획이다. 어디로 도망갈지도 벌써 생각해 뒀다.

그때 펑 소리와 함께 바닥이 쩍 갈라졌다. 나는 추락했다. 어떻게 된 일이지? H7이 날 배신한 걸까?

그동안 '죽는다는 건 어떤 느낌일까?', '사후 세계가 정말로 존재할까?'라는 생각을 수없이 되풀이하며 이 순간을 준비해 왔다. 그런데 막상 저승사자와 만날 상황이 되니 부들부들 떨리는 몸을 주체할 수 없었다. 문명 백과사전은 이 순간에 관해 "사람이 죽기 직전, 인생의 중요한 장면이 머릿속에 주마등처럼 스쳐 지나간다."라고 설명했다. 하지만 그건 다 거짓말이었다. 내 머릿속에 떠오른 생각은 딱 하나뿐이었다. 나는 모든 신에게 애원하고만 싶었다.

'죽기 싫어요!'

어느 순간 바닥에 머리가 부딪쳤다. 다행히 바닥은 푹신한 편이었지만, 충격이 꽤 커서 나도 모르게 날카롭게 외쳤다.

"아야!"

머리가 띵하고 귓가도 멍했다. 순간적으로 기절했다가 금세 다시 정신을 차렸다.

나는 죽지 않았다. 끝없는 나락으로 떨어지거나, 우주 공간에 버려지거나, 순식간에 재로 변하지도 않았다. 제물로 바쳐진다고 했을 때 그런 죽음들을 상상했었다.

그러나 나는 죽지 않았다. 그리고 눈앞에 엄마가 서 있었다. 마치 날 기다리고 있었다는 듯한 표정으로.

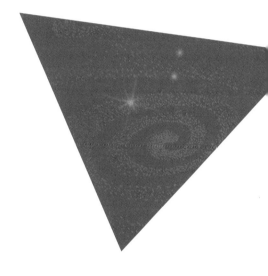

2055

제2장

이야기를 만드는 사람

"뭐야? 어떻게 된 거야?"

신야가 연거푸 물었다.

"제단 아래로 떨어진 거야? 그다음에 어떻게 되는데, 응? 산샤, 제발 말해 줘. 궁금해서 잠도 못 잘 거 같단 말이야!"

신야가 계속 졸라 댔지만 산샤는 단호하게 창을 닫아 버렸다. 그러고는 신야의 어깨를 토닥거리며 말했다.

"아직 생각을 다 정리하지 못했어. 다음에 보여 줄게."

"어휴, 소설 좀 쓴다는 사람들은 꼭 이렇게 애를 태운다니까."

침대에서 미끄러지듯 빠져나온 신야가 산샤 옆에 앉아 컴퓨터 화면을 들여다봤다. 산샤는 마우스를 이리저리 움직여 메일함을 열고 신야가 보내 준 링크를 클릭했다. 그러자 목공 용품 리스트가 쫘르륵 펼쳐졌다.

"네가 쓴 이야기가 웬만한 소설보다 재밌더라."

잘 모르는 사람이 이 말을 들으면 신야가 산샤에게 아부한다고 생각할 수도 있다. 하지만 두 사람이 얼마나 친밀한 관계인지 안다면 빈말이 아닌 줄 바로 알 것이다. 산샤도 평소에 신야에게 이런 말을 자주 했다.

"네가 만든 이 옷걸이는 백화점에서 파는 것보다 훨씬 멋있어."

"당연하지."

산샤는 글쓰기를 좋아하고 신야는 목공을 좋아했다. 두 사람이 열두 살 소녀라는 사실을 생각하면, 산샤의 취미는 흔한 편이지만 신야의 취미는 조금 독특했다.

"여자애라고 다 인형을 안고 놀아야 하는 건 아니잖아?"

신야는 이렇게 얘기하고는 꼭 이런 말을 덧붙였다.

"우리 아빠가 그랬거든. 결혼해서 애 낳으면 어차피 아기를 안고 키우니까 지금은 안 해도 된다고."

"네가 결혼할 수 있을까? 이렇게 전기 드릴이며 전기톱

쇼핑을 좋아하는 사람이랑 누가 결혼하겠어?"

산샤가 끔찍한 흉기 같은 공구를 힐끗 바라보며 짓궂은 농담을 던졌다. 신야는 가소롭다는 듯 산샤의 머리를 가볍게 쓰다듬으며 대꾸했다.

"잔말 말고 보기나 해. 올해 내 생일 선물은 이 중에서 고를 거야. 음, 드릴이 좋을까? 아니면 톱?"

산샤는 열심히 살펴보는 척하며 대충 하나를 골랐다.

"이건 속도도 조절되고 파워가 강해서 좋네. 으……. 아무리 봐도 살인마가 등장하는 영화에 나올 것 같아."

"안 돼. 이건 너무 비싸. 우리 아빠가 그러는데, 절약해야 한대. 그리고 좀 무거워 보여. 나는 들기도 힘들겠어."

신야는 다른 장비를 클릭하며 말했다.

"아무래도 그냥 줄톱으로 해야겠어. 이번에 책장을 만들 건데, 완성되면 선물할게."

그러자 산샤가 며칠 뒤면 개학이라는 생각에 이렇게 중얼거렸다.

"이제 7학년인데, 같은 반이 될 수 있을까?"

신야는 앞뒤로 정원이 딸린 단독 주택에 산다. 산샤네 집에서 두 블록 떨어져 있다. 산샤는 그 집이 부러웠지만, 뒷마당 차고에 가득한 신야와 신야 아빠의 온갖 전기 공구를 생각하면 안타깝기도 했다.

신야 아빠는 동네에서 유명한 목공 기술자다. 신야 아빠가 만든 물건이 없는 집이 없을 정도다. 신야는 어려서부터 아빠가 일하는 모습을 구경했고, 그러다 취미 삼아 이것저것 만들기 시작했다. 톱밥이 수북이 쌓인 작업실에는 기분 좋은 나무 향이 은은하게 배어 있지만, 그래도 역시 안타깝다는 생각이 들었다.

'만약 우리 집에 그런 공간이 있었으면 아빠한테 부탁해서 서재로 만들었을 텐데. 거기서 위대한 작가가 되는 꿈을 키울 수 있을 거야.'

보잘것없는 아파트의 손바닥만 한 방구석에 처박혀 키보드를 두드리고 있지만, 그래도 산샤는 꿋꿋했다.

"옛날에 어떤 영국 작가가 말하기를, 여자는 자기만의 방과 돈이 있어야 한대. 이만하면 나도 나쁘지 않아."

"너, 돈 있어?"

"당연하지."

산샤는 그동안 모은 용돈과 원고료를 필통 모양 저금통에 넣어 두었다.

"나도 너처럼 글을 잘 썼으면 좋겠다. 원고료를 받으면 더 좋은 목판을 살 수 있을 거 아냐. 우리 아빠는 목공을 취미로만 해야 하고, 비싼 재료를 절대 사지 말래."

이때까지만 해도 두 소녀는 곧 아주 중요한 일, 멋진 책장을 만드는 것보다 만 배쯤 더 중요하고 머리 아픈 일이 생길 줄은 전혀 상상조차 못 했다. 사실 열두 살 소녀는 오늘내일 일만 고민해도 충분하다. 더 나중 일은 어른들이 고민할 테니까.

산샤가 키보드를 톡톡 두드렸다. 이 컴퓨터는 아직 내다 팔지 않은 몇 안 되는 물건 중 하나였다.

"옛날부터 작가들은 가난했어. 원고료가 엄청 적거든. 그래도 돈을 벌려고 글 쓰는 속물이 되기는 싫어."

"그럼 넌 글쓰기를 왜 좋아해?"

"그럼 넌 목공을 왜 좋아해?"

둘은 마주 보며 깔깔 웃었다.

그날 밤, 산샤는 저녁을 먹은 뒤 컴퓨터를 켜고 앉아 다시 글을 썼다. 어른들에게는 어른들이 걱정해야 할 일이 있듯, 산샤에게는 이 글을 완성하는 일이 걱정거리였다. 산샤가 쓰는 이야기의 배경은 과학 기술이 엄청나게 발달한 수백 년 뒤 미래인데, 고대에 있었을 법한 제사가 등장하는 점이 마음에 걸렸다. 게다가 무고한 소녀를 제물로 바치는 비문명적인 이야기가 나오면 이상하지 않을까?

꼭 그렇지만은 않을 거야. 아빠한테 듣기로는 어느 시대든 도저히 이해할 수 없는 무고한 희생이 있었다고 했어. 좋아, 이 부분은 일단 놔두자.

산샤는 신나게 이야기를 풀어 나갔다. 이 이야기를 쓰는 것이 자기 숙명처럼 느껴졌다. 꼭 이 이야기를 쓰기 위해 태어난 것만 같았다. 온 하늘을 뒤덮은 스모그와 걱정이 끊이지 않는 엄마 아빠에 관해서는……. 내일 다시 생각하기로 했다.

3

　내가 추락했던 상황을 찬찬히 되짚어 봐야겠다.

　내가 떨어진 곳은 고전 동화 속 앨리스가 떨어진 토끼 굴과는 전혀 달랐다. 앨리스는 치기 어린 호기심과 장난스러운 모험심에 토끼 굴로 뛰어들었지만, 나의 추락은 15년 동안 준비된 것이었다.

　나는 어제 분명히 최종 프로그램 버튼을 눌러 추락할 때 고통을 느끼지 않게끔 설정을 바꿨다. 제단 위에 서 있을 때 떨지 않으려면 꼭 필요한 설정이었다. 아주 작은 떨림, 흔들리는 눈빛까지도 고스란히 엄마와 모든 시민에게 영상으로 전송될 테니 절대 약한 모습을 보일 수 없었다.

사실은 내 지도 교수인 '은 교수'의 지시에 따라 행동한 것이었다.

그러나 이 프로그램은 전혀 효과가 없었다. 아마 엄마도 사시나무처럼 떨리는 내 다리를 영상을 통해 확인했을 것이다. 하지만 상관없다. 지금 엄마는 내 앞에 서 있으니까. 그런데 젖은 눈으로 활짝 웃으며 깊은 사랑을 담아 나를 꼭 안아 주리라 기대한 것과 달리, 엄마는 아주 많이 화가 나 보였다.

도대체 어떻게 된 일이지?

나는 직감적으로 알았다. 저 사람은 절대 우리 엄마가 아니다. 세상에 어떤 엄마가 죽다 살아온 딸을 보고 저렇게 화난 표정을 짓겠어?

엄마는 내 마음을 읽었는지 침착하게 대답했다.(어쩌면 내 머리에 삽입된 칩을 통해 내 생각을 정확히 알아냈을 수도 있다.)

"그래, 맞아. 그동안 널 속였어. 난 모성애 강한 싱글 맘이 아니고, 너도 내 딸이 아니야. 우린 국가 프로젝트를 수행하기 위해 맺어진 관계일 뿐이야."

내가 천천히 몸을 일으키자 엄마는 긴 한숨을 내쉬고 부드럽게 말했다.

"가자, 재건 레이저 치료를 하러."

짧은 순간에 오만 가지 의문이 떠올랐지만, 그 가운데 가장 궁금한 질문이 있었다.

"내가 왜 멀쩡해요? 올해 국가 제사에서 은하 신에게 바치는 제물이었잖아요?"

은하 신은 이 나라의 유일신이다. 지금은 첨단 과학을 바탕으로 일상을 살아가는 23세기다. 그런데 국가는 과학으로 설명할 수 없는 '신'을 떠받들며 해마다 열다섯 살 소녀를 제물로 바친다. 예전에 읽은 고대 신화에나 나올 법한 일이 23세기에 벌어지고 있는 것이다. 왜냐고 물으면 다들 "그게 왜 궁금해? 어차피 한 사람만 희생하면 되잖아."라고 말했다. 은하 신 제사가 축제라고 생각하는지, 다들 아주 흥겹고 떠들썩했다.

지난주에 엄마한테 은하 신 제사 이야기를 듣고 생각해 봤다. 아주 어릴 때부터 내 곁에는 늘 엄마뿐이었다. 학교에 갈 때, 매년 정기적으로 진통제를 맞으러 갈 때, 국가가 주최하는 공식 놀이 행사에 참여할 때마다 나는 언제나 엄마와 함께였다. 한번은 가장 인기가 많은 '숲'이라는 놀이 행사에 간 적이 있었다. 다른 사람은 모르겠지만, 나는 숲에 들어가 온종일 자유로운 시간을 보내는 이 행사를 무척 좋아했다. 특히 숲에 들어갈 때 뇌 속의 칩이 자동으로 꺼져서 인기가 좋은 행사였다.

우리는 태어나자마자 바로 나노 전자 칩을 대뇌에 삽입하는데, 거기에 모든 정보가 기록된다. 다섯 살이 되면 이 나노 칩 기록을 분석해 어느 초등학교에 입학할지가 결정된다. 해마다 접종하는 진통제는 사실 나노 칩 자료의 업로드나 다운로드를 위한 핑계였다. 모두 이 사실을 알고 있지만, 아무도 공개적으로 언급하지 않았다. 나노 칩 덕분에 우리 삶이 이렇게 편해졌으니 굳이 문제 삼을 이유가 없었다.

학교에서 나노 칩이 없던 시절의 이야기를 들은 적이 있다. 그 시절 학생들은 숙제하거나 시험을 치를 때 혼자 힘으로 생각하고 답을 찾아야 했다고 한다. 수학 시험지를 받아 들고는 한 문제도 풀지 못해 울음을 터뜨린 학생도 있었다. 시험을 통과하지 못해 유급되면 크게 혼나고 매를 맞기까지 했다. 너무 놀랍고 충격적인 이야기라 정말 믿기지 않았다. 그 시대는 생각만 해도 안타깝고 끔찍했다.

나노 칩 설정에 따라 가장 이상적인 뇌파의 흐름과 뉴런을 연결해서 누구나 한 살에 말을 하고, 세 살에 혼자 글을 읽고, 다섯 살에는 특기를 살려 전공 분야를 결정했다. 이 모든 것이 나노 칩 덕분이었다. 시간이 지날수록 자연스럽게 학습 능력이 발달했고, 우리 세대는 두 살이면 손목 리더기로 책을 읽었다. 왼쪽 손목 표피층에 심은 리더기를 살짝 터치하면 눈앞에 책 크기만 한 홀로그램이 나타났다.

언젠가 은 교수가 이렇게 물은 적이 있었다.

"그게 책 크기인 줄 어떻게 알았니?"

은 교수가 내 나노 칩을 읽은 것이 뻔해서 솔직하게 대답했다.

"사실 크기는 잘 몰라요. 뭔가 읽는 도구를 '책'이라고 부르니까 그냥 그렇게 말해 봤어요. 왠지 그럴싸한 거 같아서요."

그때 은 교수는 도토리를 손에 넣은 다람쥐처럼 아주 만족스러운 미소를 지었다. 물론 진짜 다람쥐를 본 적은 없다. 그렇지만 영상 자료로 보니 그 생김새가 즐겁고 만족스러운 상황에 어울릴 것 같다는 생각이 들었다. 영상으로 본 다람쥐는 정말 귀여워서 언젠가 꼭 실제로 만나고 싶었다. 내가 '숲' 놀이 행사를 좋아하는 이유이기도 하다. 다람쥐는 숲에 사는 동물이니까.

하지만 정작 숲 한가운데서 내 시선을 사로잡은 것은 푸른발부비새였다. 그 새를 처음 본 순간을 영원히 잊지

못할 것이다. 단체로 수학여행을 갔는데, 그때 내 곁에는 은 교수가 함께 있었다. 새의 크고 푸른 발에 시선이 꽂혀서 나는 발길을 멈추었다. 내가 새를 뚫어져라 바라보자 문득 은 교수가 말했다.

"이 새는 하나의 상대하고만 짝을 짓는대."

은 교수는 먼 하늘을 올려다보고 있었다. 나한테 하는 말이 아니라 마치 먼 곳의 다른 누구에게 말하는 것만 같았다.

"이 새는 구애할 때 푸른 발을 계속 움직이면서 바보처럼 춤을 춘대. 그래서 스페인어로 바보를 뜻하는 'Bobo'에서 이름을 따왔다고 해. 누구에게나 한심하고 바보 같은 모습은 있기 마련이지."

나는 리더기에서 '바보'를 검색한 뒤 "그건 재미 삼아 다른 사람을 놀리는 말이에요."라고 반박하려다가 얼른 입을 다물었다. 은 교수는 지금 나랑 대화하는 것이 아니라 누구를 그리워하는 것 같았다. 은 교수의 감정이 향하는 대상은 과연 누굴까? 예전에 아내가 있었다던데, 혹시 그 사람일까?

숲에서 보는 은 교수는 밖에서 볼 때와 확실히 달랐다. 나는 H7에게 다가가 소곤거리며 물었다.

"혹시 전자 칩 기록이 꺼져서 마음이 가벼워진 걸까?"

"마음이 가볍다는 게 자유롭다는 뜻이야? 그럼 맞는 것 같은데. 근데…… 내가 보기에는 너랑 은 교수님만 유난히 숲을 좋아하더라. 마음이 가볍고 안 가볍고가 뭐가 중요해?"

나에게 감정이 없다면, 엄마에게 끌려가고 있는 이 순간에 불안하거나 두렵거나 화가 나지 않을 것이다. H7이 날 도와주지 않은 것은 누구한테 들켰기 때문일까, 아니면 자발적인 선택일까? 지금 이런 생각을 한다고 무슨 의미가 있을까? 그렇지만 아무 생각도 하지 않으면 이 상황을 어떻게 헤쳐 나가겠어?

2055

제3장

마지막 한 사람

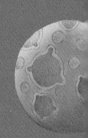

신야는 「제사」 편에 이어지는 「숲」 편을 읽고 소리를 질렀다.

"나도, 나도! 당장 내 머리에 전자 칩을 심어 줘. 제발! 내일 영어 시험인데 아직 단어도 다 못 외웠단 말이야!"

산샤가 파일을 닫고 휙 돌아앉아 눈썹을 치켜세웠다.

"말 돌리지 말고 어서 말해 봐. 아까 옆 반 린멍천이랑 무슨 얘기 했어?"

"아무것도 아니야."

신야는 빨갛게 달아오른 얼굴로 고개를 절레절레 흔들며 배시시 웃었다.

산샤는 신야가 전학 온 지 얼마 안 된 멍췬을 좋아한다
는 사실을 벌써부터 알고 있었다. 요즘 두 소녀는 등하굣
길에 늘 멍췬의 뒤를 따라가며 시선을 떼지 못했다. 무뚝
뚝한 표정에 안경을 낀 멍췬은 고지식한 책벌레 같았다.

"책벌레는 아니야!"

신야는 산샤가 멍췬을 비웃는다고 생각해 화를 냈다. 멍
췬과 거리가 좁혀졌을 때, 신야는 심장이 튀어나올 것처럼
두근거렸다.

산샤는 살짝 마음이 시큰했다. 사실 멍췬은 산샤의 이상
형이었다. 게다가 산샤가 신야보다 먼저 멍췬을 마음에 두
기도 했다.

6학년 도서관 수업 때 옆 반과 같이 수업을 들은 적이
있었다. 자기 반 아이들과 함께 교실에 들어온 멍췬이 자

연스럽게 산샤 옆자리에 앉았다. 깜짝 놀란 산샤는 금방 상황을 파악했다. 비어 있던 산샤의 옆자리부터 옆 반 자리였고, 밍췬이 그 반에서 1번이었던 것이다.

그날은 도서 분류 방법을 배웠는데, 산샤는 선생님 말이 귀에 하나도 들어오지 않았다. 온 신경이 책상 한쪽에 올려놓은 밍췬의 필통에 집중됐다. 원목 필통 뚜껑에 '마지막 한 사람'이라는 문구가 새겨져 있었다.

'언제 기회가 되면 무슨 뜻인지 꼭 물어봐야지. 왠지 느낌 있어.'

그런데 바로 그날 하굣길부터 신야가 산샤를 잡아끌고 밍췬을 어설프게 뒤쫓았다. 신야는 일부러 크게 말했다.

"산샤, 안경 낀 남자가 멋있지 않아? 마스크를 안 쓰다니, 진짜 멋있다! 아 참, 산샤. 저기 사거리에서 오른쪽으로 가면 우리 집이야."

산샤는 속이 부글부글 끓었다. 꼬맹이 때부터 친구였는데 내가 너희 집을 모르겠니? 이건 선전 포고나 마찬가지였다. 내가 좋아하는 남자를 빼앗겠다는 거야?

하지만 다시 생각해 보니, 산샤는 신야에게 밍췬을 좋아한다고 말한 적이 없었다. 그러니 빼앗는다고 하기는 어려웠다. 어쨌든 산샤는 답답하고 속상해 미칠 지경이었다.

잠시 뒤 멍췬이 먼저 집에 다다랐다. 두 사람과 같은 방향이지만 멍췬의 집이 학교에서 조금 더 가까웠다. 그러자 신야가 기뻐하며 말했다.

"우린 한참 더 가야 하잖아. 그런데 여기에도 집이 있었나? 난 왜 몰랐지?"

신야가 떠들어 댄 헛소리가 멍췬 귀에 들어간 걸까? 대문을 열고 들어가 문을 닫으러 돌아선 멍췬의 입꼬리가 살짝 올라가 있었다.

"봤어? 내 말을 들었나 봐. 웃었잖아."

신야가 넋이 나가 중얼거리자, 산샤는 신야의 책가방을 잡아끌며 말했다.

"미쳤어? 왜 이래. 빨리 우리 집으로 가자. 어제 쓴 글을 보여 줄게."

산샤는 어젯밤에 꽤 많은 이야기를 써 놓았다. 신야를 끌고 가던 산샤는 문득 이런 생각이 들었다. 이 글에 남자아이가 등장하면 좀 더 로맨틱해지고 얘깃거리가 많아지지 않을까?

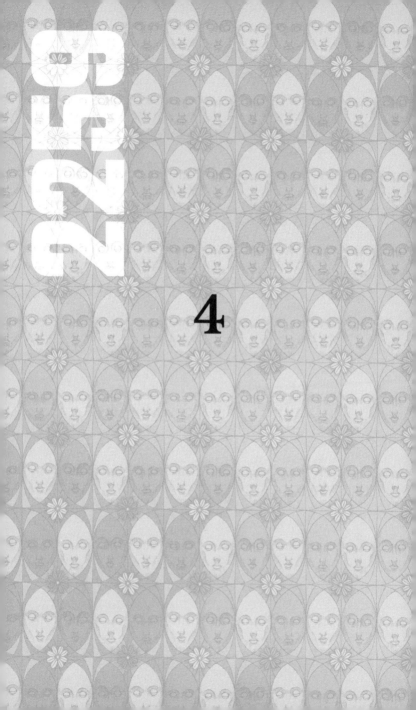

4

    사실 진짜 숲에 가 본 사람은 아무도 없다. 이곳의 숲은 가상 현실이다. 가상 현실 프로그램은 21세기에도 있었는데, 그때는 아주 크고 무거운 헬멧을 써야 했다고 한다. 지금은 왼쪽 손목에 있는 버튼 하나만 누르면 바로 VR 체험을 할 수 있다.

    현재 국가 제어 시스템과 연결된 대뇌 전자 칩을 끌 수 있는 유일한 VR 체험이 바로 '숲'이다. 일종의 포상 휴가 같은 개념으로, 1년에 딱 세 번만 이용할 수 있다. 만약 내가 숲에서 다람쥐를 봤다고 말해도 진짜 다람쥐를 본 것은 아니다. 그렇다고 거짓말을 한 것도 아니다. 숲 VR에서 본

귀여운 다람쥐는 작은 머리를 동굴 밖으로 내밀고 있었다. 다람쥐 머리를 만졌을 때 부드러운 감촉까지 느꼈지만, 이마저도 현실은 아니다.

예전에 엄마에게 배경을 숲으로 설정한 이유가 무엇일지 물어본 적이 있다. 바다도 있고 사막도 있고 다른 장소도 많은데 왜 하필 숲이냐고.

"숲은 원시적인 생명력이 가장 강하니까. 그래서 우리에게 가장 사람답다는 느낌을 주거든. 국민 투표 결과이기도 하고."

그런데 엄마의 그다음 말이 조금 충격적이었다.

"나도 예전엔 숲길 걷기를 좋아했어. 지금 생각해 보면 그땐 왜 그렇게 좋았나 몰라."

생각을 좀 해 볼 필요가 있었다. 숲에서는 제어 시스템이 작동하지 않으니까, 숲에 들어가면 우리가 더 유순하고 착해진다는 뜻일까? 나쁜 생각이 사라지기 때문에 국가 제어 시스템이 필요 없다는 건가? 이렇게 생각하니 더욱 '진짜 숲'에 가 보고 싶었다.

그런데 이 나라에는 왜 진짜 숲이 없을까? 내가 궁금해하자 예전에 H7이 이렇게 대답했다.

"공기, 토양, 습도, 모든 게 다 맞지 않아서 나무가 숲을 이룰 수 없대."

H7의 설명을 듣고 보니 확실히 그랬다. 도로변에 키 작은 나무만 띄엄띄엄 심어 두었을 뿐, 숲은 어디에도 없었다. 그나마 있는 나무들도 가까이 가서 자세히 보면 발육상태가 좋지 않았고, 늘 영양제 주사가 꽂혀 있었다.

그러니까 이 나라는 먹을 것이나 입을 것이 부족하지 않고 언제든 우주여행도 보내 주지만, 제대로 된 나무를 키울 능력은 없다는 뜻이다. 이걸 공평하다고 해야 할까, 불공평하다고 해야 할까?

내 반응에 H7이 소리 내며 웃었다.

"난 너의 그런 생각이 정말 좋아."

H7이 내 가장 진실한 친구라고 할 수 있을까? 사실 잘 모르겠다.

난 이런 생각을 자주 했었다. 먹고사는 걱정이 없으면 사람은 정말 행복할까? 물론 사람마다 행복에 대한 정의는 다를 것이다. 나는 무엇이든 생각할 수 있고 또한 반대로 아무 생각을 안 해도 괜찮다는 이유 때문에 숲에 들어가면 행복했다. 그렇다면 H7의 행복은 무엇일까?

어느 날 수업 시간에 은 교수는 내가 정의한 행복의 개념을 듣고 아주 흐뭇해하며 이런 말을 했다.

"세상에는 두 종류의 유토피아가 있단다. 자유가 없는 행복을 누리는 곳, 행복이 없는 자유를 누리는 곳. 300년 전에 러시아 작가 예브게니 자먀틴이 쓴 『우리들』이라는 소설에 나오는 내용이지. 너희는 어느 쪽을 선택하겠니?"

아이들은 한숨을 쉬며 투덜거렸다.

"골치 아프게 하지 마세요."

"그걸 선택해서 뭐 해요?"

"그 질문이 벌써 몇 번째예요?"

은 교수는 화내지 않고 내 책상 앞으로 와서 말을 이어 갔다.

"수업이 끝나고 소설 『우리들』을 꼭 찾아보렴. 읽기까지 한다면 더 좋고. 분명히 네 마음에 들 거야. 무엇이든 생각할 수 있고 반대로 아무 생각을 하지 않아도 된다는, 행복에 대한 네 정의가 아주 마음에 들어. 그래, 그게 진짜 행복이지."

나는 『우리들』을 포함해 『1984』, 『멋진 신세계』에 관한 자료까지 찾아봤다. 세 작품은 과학이 고도로 발달해 물질이 풍요로운 세상이 펼쳐지면 이상을 향한 정신세계가 사라지는데, 그것이 과연 정말로 이상적인 세상일지 고민하는 내용이었다. 그래서 '디스토피아'² 소설이라고 불렸다.

나중에 꼭 세 권 모두 제대로 읽어 봐야지.

그렇다면, 이 나라는 유토피아일까? 행복이란 대체 무엇일까? 좀 더 생각해 봐야겠다.

그러고 보니 세상에는 진짜와 가짜로 나뉘는 것이 많다. 잠시 행복하다가도 시간이 흐른 뒤에 오히려 더 괴롭다면, 그것은 가짜 행복이다. 예를 들어 VR 우주 전쟁 게임에서 온 에너지를 쏟아붓고 승리했을 때 느끼는 감정이 그렇다. 예전에 은 교수가 이 비유를 들어 가며 설명했는데, 나는 이렇게 반문했었다.

"교수님은 게임을 안 하시잖아요. 그런데 게임하는 사람들이 느끼는 행복이 진짜가 아니라고 어떻게 확신하세요?"

학교는 기본적으로 교사와 학생 사이의 토론을 허용한다. 아니, 크게 장려한다. 그러나 학년이 바뀌고 반이 바뀌어도 교사에게 반론을 제기하는 사람은 늘 나뿐이었다.

왜일까? 나만 열심히 공부하고 다른 친구들은 다 게을러서일까? 사실 H7만 해도 좀 그렇긴 하다. 어떤 과목이든 대충 참여하고 적당히 넘겼다. 그래서 은 교수가 나를 좋아하는 것 같다. 친구들이 툭하면 나를 은 교수의 반려동물이라고 놀렸지만, 나는 크게 신경 쓰지 않았다.

다시 행복에 관한 물음으로 돌아가면, 은 교수의 최종 결론은 이랬다.

"자기가 무엇을 할 때 행복한지 정확히 알고 그대로 실천하는 것이 바로 행복이란다."

한번은 H7이 H9과 나에게 숲에 가서 '행복'을 체험하자고 했다. H7과 H9은 가상의 숲에 들어가자마자 미친 듯이 날뛰었다. 하마터면 친구들한테 부딪혀 넘어질 뻔했다.

가끔 이렇게 셋이 어울려 보면, H9이 H7보다 조금 더 적극적인 듯했다. H7은 뭘 하든 "정말 재미없어."라는 말을 입에 달고 살았지만, H9은 가볍게 한숨을 내쉬는 정도로 그쳤다. 다른 친구들과 비교하면 이 정도만 해도 충분히 적극적인 셈이다. 그날 나는 푸른발부비새를 보자마자 소리 지르며 친구들을 불렀다. 그리고는 잘난 척하고 싶어서 은 교수에게 들은 이야기를 시작하자 두 사람이 동시에 투덜거렸다.

"완전 재미없어."

"난 저 새를 800번쯤 봤어."

"어떻게 입만 열면 뻥이야? 과장이라도 800번은 너무 심하잖아."

맨날 "정말 재미없어."라는 말을 입에 달고 사는 H7에게는 "네가 더 재미없어."라고 대꾸하려다 겨우 참았다. 그런데 H9의 반응이 조금 달랐다.

"진짜 800번이야. 거짓말하면 안 된다고 국가적으로 규정돼 있잖아. 아, 정확히는 807번이다. 은 교수님이 증인이야. 은 교수님이 제일 좋아하는 동물이니까. 나는 저 새보다 유니콘이 더 예쁘다고 생각하지만."

사실 국가 규정에 거짓말을 하면 안 된다는 내용은 없다. 그렇지만 중요한 일을 할 때 거짓말하는 사람은 아무도 없었다. 아니, 거짓말을 할 수가 없다. 대뇌 전자 칩은 우리 마음대로 제어할 수 없기 때문에, 선의에서든 악의에서든 거짓말을 뱉을 수가 없었다. (선과 악은 절대적인 것이 아니라 상황에 따라 바뀔 수도 있지만 말이다.)

푸른발부비새와 은 교수 얘기를 하다가 나는 문득 한 가지 궁금증이 떠올랐다.

"은 교수님이 예전에 결혼했던 거 알지? 혹시 어떤 분이랑 결혼했는지 알아? 아이는 있었대?"

은 교수는 분명 자상하고 성실한 남편이었을 것이다. 평생 하나의 짝만 바라본다는 새를 좋아하니까 말이다. 이것저것 모르는 게 없는 은 교수가 왜 항상 우울해 보이는지 정말 궁금했다. 만약에 아내가 있었다면 과연 어떤 사람일까? 지금은 어디에 있을까? 어떤 일을 할까? 너무너무 궁금했다. 은 교수는 내가 아는 선생님들 가운데 가장 훌륭한 분이다. 내가 답을 찾지 못한 어려운 문제를 들고 가면 언제나 명쾌한 답을 주었다.

그러나 H7과 H9은 이 주제에 전혀 관심이 없었다.

"우리 부모님 결혼도 남의 일 같은데, 은 교수님 전 부인이 나랑 무슨 상관이야?"

H7은 이렇게 말하고는 덧붙였다.

"넌 수수께끼를 좋아하잖아. 열심히 풀어 봐."

나는 정신이 번쩍 들었다. 그래, 은 교수가 사랑한 사람이 누구인지 꼭 밝혀내겠어.

2055

제4장

달빛 들판

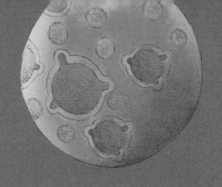

　보통 아침 7시쯤이면 신야가 산샤네 집에 도착하고, 두 소녀는 함께 등굣길에 나선다. 그런데 언제부터인지 두 사람의 대화에 린멍췬이 자주 등장했다. 아니, 린멍췬 이야기가 전부였다. 그럴수록 산샤는 신야에게 점점 거리감을 느꼈다. 그런데 또 한편으로는 묘한 동질감도 느꼈다. 가끔 둘이 약속이나 한 것처럼 똑같이 이런 말을 내뱉었기 때문이다.

　"저기, 린멍췬 말이야……."

　그러던 어느 날, 산샤는 멍췬이 말도 안 되게 잘생겼다는 사실 외에 말도 안 되는 이상한 행동을 한다는 사실을 알아냈다. 그래서는 안 된다는 걸 알면서도, 산샤가 멍췬을 미행하다 우연히 알게 된 사실이었다.

그날 하굣길에 신야와 헤어진 뒤, 산샤는 몰래 멍췬의 집 앞으로 되돌아갔다. 유치한 드라마에 나오는 조금 모자란 탐정처럼 멍췬의 집 창문 아래에 쪼그려 앉아, 안에서 하는 말을 들으려고 귀를 쫑긋 세웠다. 학교에서는 전혀 웃지도 않고 늘 무뚝뚝하던데 집에서도 똑같은지, 멍췬 부모님이 어떤 사람인지도 몹시 궁금했다.

처음에는 이런 행동을 하는 자신이 너무 부끄러웠다. 다른 사람한테 들킬까 봐 가슴이 두근거렸다. 집 뒤쪽에 숨었으니 지나가는 사람에게 들킬 염려는 없었지만, 혹시 안에서 창문을 열고 내다보면 어쩌나 걱정도 됐다.

"숲에 가지 않을래?"

갑작스러운 말소리에 산샤는 정신이 쏙 빠질 만큼 놀랐다. 곧이어 들려온 멍췬의 목소리는 언제나 그렇듯이 무뚝뚝했다.

"좋습니다."

지금 엄마와 아들이 대화하는 게 맞나? 멍췬의 말투는 꼭 상사에게 보고하는 직원 같잖아. 아마도 멍췬 아빠가 무지 고지식하고 보수적인 사람이라 보고 배운 거겠지?

끝까지 따라가 보기로 마음먹은 산샤는 조금 뒤에 멍친 모자가 집을 나서자 몰래 뒤를 밟았다. 큰길에 접어들자 사람과 차가 복잡하게 뒤엉켜 누가 누구를 쫓는지 전혀 티가 나지 않았고, 아무도 신경 쓰지 않았다. 더구나 산샤는 방독 마스크까지 쓰고 있었다.

잠시 뒤 산샤는 숲으로 들어가는 오솔길 어귀에서 발길을 돌릴 수밖에 없었다. 벌써 날이 어두워지기 시작했으니 더 늦으면 엄마가 경찰에 실종 신고를 할지도 몰랐다.

설마 밤중에 숲에 들어가겠어? 게다가 이 숲은 얼마 전에 나무들이 심각하게 훼손됐다고 한 달 동안 출입을 금지했는데. 벌써 다시 열었나?

산샤도 방학 동안에 가끔 가족이나 신야랑 이 숲에 왔었다. 숲에 가면 피톤치드가 풍부해 몸에 좋다고 했고, 날마다 뿌연 스모그에 뒤덮여 살다 보니 사람들은 숲을 소중히 여겼다. 그래서 나라에서는 숲을 더욱 세심하게 관리했다. 특히 '달빛 들판'으로 가는 길이 눈에 띄었다. 이곳은 보름달이 뜰 때마다 사람들이 모여들어 잔뜩 붐볐다. 빛 공해*를 피해 제대로 보름달을 감상할 수 있기 때문이다. 은은한 달무리도 아름답지만, 반대편 하늘에 반짝이는 별들이 하나하나 셀 수 있을 만큼 또렷하게 보였다.

그렇지만 추석 때 이곳을 찾는 건 포기해야 한다. 해가 지기 전부터 수많은 인파가 몰려들기 때문이다. 돗자리를 깔고 온 가족이 둘러앉아 음식을 나눠 먹으며 달이 뜨기를 기다렸다.

산샤 아빠는 그런 사람들을 강하게 비난했다.

"사람들이 정말 이기적이라니까! 일찍부터 와서 계속 자리를 차지하다니 정말 자기밖에 몰라. 다른 사람들이랑 함께 나눌 줄도 알아야지."

"그 사람들도 1년에 한두 번은 가족끼리 둘러앉고 싶은 거겠지. 화목하고 단란한 모습이 보기 좋구먼. 왜 별것도 아닌 일에 그렇게 흥분하고 그래?"

산샤 엄마가 한마디 하면서 고개를 절레절레 흔들었다. 그런 뒤에 산샤 모녀는 동시에 시를 읊었다.

"고개 들어 밝은 달 바라보고, 당신은 얼른 가서 주무시게."*

산샤가 어릴 때부터 종종 모녀는 합심해서 이렇게 아빠를 놀리곤 했다. 물론 아빠도 가만있지는 않았다.

"흥! 이백 님을 건드리지 마. 열받아 돌아가신다."*

"이백 님은 벌써 돌아가셨네요."

산샤가 끝까지 짓궂게 받아쳤다.

만약 이백이 지금까지 살아 있었다면 어떤 시를 썼을까? 산샤는 잠시 넋 나간 표정으로 이런저런 생각을 떠올렸다. 그런데, 죽지 않는 게 과연 좋은 일일까?

그나저나 멍청한 모자도 달빛 들판에 가서 달구경을 하려고 숲에 들어갔을까?

바보 같은 생각은 그만하고 글이나 써야겠다.

요즘 산샤네 집에서는 웃음소리가 사라지고 있었다. 예전에는 저녁을 먹고 산샤 아빠가 늘 '쓰레기' 같다고 말하는 예능 프로그램을 봤다. 이 사람 저 사람 나와서 내가 맞네 네가 맞네 싸우다가, 또 이게 틀렸다 저게 틀렸다며 욕을 했다. 방송이 끝나면 방금 전까지 서로 잡아먹을 것처럼 욕하고 싸우던 사람들이 서로 웃으며 악수를 했다. 처음에 산샤는 그 모습을 도저히 이해할 수 없어 아빠에게 물어봤다.

"저 사람들은 왜 저래요?"

아빠가 난감한지 머리를 긁적였다.

"그러니까 내가 쓰레기라고 했잖아."

며칠 전, 엄마는 TV까지 팔아 버렸다.

5

　엄마는 나를 끌고 구불구불한 길을 한참 걸어갔다. 좁은 길 양쪽으로 헤아릴 수 없이 많은 작은 불빛들이 어지럽게 흔들렸다. 이곳의 밤하늘은 늘 이런 모습이다. 아주 먼 옛날의 밤하늘은 달빛과 별빛으로 물들어, 수많은 시인이 그 아름다움을 노래했다고 한다. 하지만 나는 달빛과 별빛이 어떨지 도무지 상상이 가지 않았다. 문명 백과사전에서 사진과 설명을 찾아봤는데, 지금 보는 밤하늘에 반짝이는 희미한 불빛과 뭐가 다른지 알 수 없었다.

　드디어 길의 끝이 보였다. 엄마가 먼저 길을 빠져나가고 나도 금방 뒤따라갔다. 그러자 사방이 금속 벽에 둘러싸인 아주 넓은 공간으로 이어졌다. 마치 실험실 같았다. 그곳에서 은 교수가 우리를 기다리고 있었다. 다행히 화난 것 같지는 않았지만 왠지 슬퍼 보였다.

"M3, 다치지는 않았니?"

은 교수의 말투가 한없이 부드러웠는데도 나는 조금 삐딱하게 대답했다.

"아주 멀쩡해요. 신경 써 주셔서 정말 고맙습니다. 아, 저는 절대 아무 짓도 안 했어요. 감히 중요한 국가 제사를 망칠 순 없죠. 어떻게 된 일인지 하나도 몰라요."

그런데 뒤이은 엄마의 말에 나는 더욱 화가 났다.

"A1, 왜 내 제안을 받아들이지 않는 거죠? 봐요, 또 불량품이 나왔잖아요. 세상에 이런 바보 멍청이가 어디 있어? 국가 제사라니, 그걸 믿어? 당장 죽게 생겼는데 멍청하게 그냥 서 있으면 어떡해? 도망가거나 반항할 생각이 전혀 없었던 거야?"

"그럼 내가 고분고분 말을 잘 들은 게 잘못이에요? 내가 도망갔어야 엄마가 기뻤겠냐고요!"

내 말에 은 교수가 천천히 고개를 끄덕였다.

"그래. 계획대로라면 넌 말을 듣지 말았어야 해. 네 목숨을 희생해야 하는 위대한 제사라니, 그런 얼토당토않은 말은 믿지 말았어야지."

그 순간, 은 교수의 눈빛이 밤길을 비추는 등불처럼 희미하게 흔들렸다.

"함부로 남의 말을 믿고 무의미한 희생을 치르는 것은 올바른 생존 방식이라고 볼 수 없어."

나는 애초에 나를 희생할 생각이 없었다는 말을 하지 못했다. 애꿎은 H7을 끌어들일 수는 없었으니까.

은 교수가 엄마를 돌아보더니 말했다.

"다시 고칠 테니까, 먼저 가서 다른 사람들한테 말해 주세요."

고친다고?

"M3, 일단 여기에서 좀 쉬렴. 아까 많이 놀랐을 테니."

내 이름을 부르는 은 교수의 따뜻한 목소리를 듣자 집에 가고 싶지 않다는 생각이 강렬해졌다. 은 교수와 함께 여기에 있고 싶어. 은 교수는 학교에서도 늘 나에게 잘해 주었다. 나는 엉뚱한 말로 친구들에게 자주 놀림받았지만, 은 교수는 나를 한 번도 비웃지 않았다.

"딸기 먹을래? 내 기억엔 네가 딸기 향을 좋아했던 거 같은데. 어제 온실에서 따 왔단다."

은 교수가 딸기를 가져오자 나는 크게 심호흡을 했다.

달콤한 과즙이 가득한 딸기를 한 입 베어 물면 결코 우울할 수가 없다. 딸기를 먹으면 확실히 기분이 좋아질 것 같았다.

딸기를 재배하는 곳은 북쪽 3구역 온실 한 군데뿐이다. 나는 기분이 가라앉을 때마다 엄마에게 북쪽 3구역 온실에 데려가 달라고 부탁하곤 했다. 온실에 들어가 몇 번 심호흡하면 근심 걱정이 싹 사라졌다. 그 온실은 엄마가 일하는 곳에서 가까운 편이라 우주 열차를 타면 금방 도착했다. 모든 온실은 우주 공간에 뜬 채로 천천히 자전했다. 인공 중력이 있지만 너무 약해서, 온실에 들어갈 때는 몸이 뜨지 않게끔 중력 장화를 신어야 했다.

내가 아주 어렸을 때, 나를 안고 온실에 들어간 엄마가 딸기 향을 맡으려고 몸을 숙이다 실수로 나를 놓친 적이 있었다. 떠다니던 나를 잡아 준 사람이 바로 은 교수였다.

가만, 은 교수? 은 교수가 우리랑 같이 딸기를 따러 갔었다고?

내 기억이 잘못됐을 리는 절대 없다. 다시 잘 생각해 보자. 기억을 정확하게 떠올리려면 전체를 봐야 한다. 핵심적인 기억뿐만 아니라 주변 상황까지 더듬어 봐야 한다는 뜻이다. 그날 엄마가 무슨 옷을 입었더라? 은 교수가 우리랑 얼마나 떨어져 있었지? 주위에 또 다른 사람이 있었나? 어떤 소리가 들렸지? 다른 색이 보였나? 냄새는 어땠지?

한참을 생각하다가 나는 포기하고 말았다. 그 일이 내 기억에 남아 있는 것은 확실하지만, 엄마의 비명과 은 교수가 나를 붙잡았다는 사실(가까이 있었으니 날 붙잡았겠지?), 은 교수의 따뜻한 미소만이 떠올랐다.

그냥 은 교수한테 직접 물어볼까? 아니야. 이 문제는 나 스스로 풀어야 해.

잠시 뒤, 나는 매사에 의욕이 없는 H7처럼 어깨를 축 늘어뜨리고 집으로 돌아갔다. 우주 열차를 타기 싫어서 그냥 걸었다. 길 양쪽에 늘어선 고층 건물은 주거 지구인지 상업 지구인지에 따라서 색이 달랐다.

노란색 건물이 모인 주거 지구를 지나는데, 2층에 있는 어떤 집에서 애교스럽게 우는 인조 고양이 소리가 들렸다. 순간 나도 엄마한테 부탁해서 인조 고양이 양육 신청서를 낼까 고민했다. 겉으로 보이는 털과 피부는 진짜 고양이보다 더 진짜 같지만, 인조 고양이의 몸속은 수많은 전자 칩으로 꽉 채워져 있다. 말이 인조 고양이지, 겉으로는 진짜 고양이와 똑같아서 로봇 동물이라고 말하지 않으면 아무도 로봇인지 몰랐다.

H9은 옆집 아주머니가 키우는 인조 강아지가 엄청 애교가 많다고 했다. 현관문을 열고 들어서는 주인의 몸에 찰싹 달라붙어 계속 핥아 대며 귀엽게 짖는다면서. 인조 강아지의 몸속 기계 장치에서 '달라붙기 애교' 프로그램이 작동한 것이겠지만, 그래도 아주 귀엽고 사랑스러웠다. 그러나 인조 동물은 아무나 키울 수 없었다. 경제적인 능력이 있어야 하고, 까다로운 심사를 거쳐야 하기 때문이다. 근처에 사는 A8 선생님은 인조 표범을 기르는데, 하도 진짜 같아서 소스라치게 놀란 적이 한두 번이 아니다.

　맞다, 그 집 앞으로 가지 말고 돌아가야겠다. A8 선생님 집을 지나기 전에 있는 골목으로 가야지. 괜히 인조 표범과 마주쳐서 좋을 게 없으니까.

　A8 선생님은 사디스트가 틀림없다. 인조 동물은 키우는 사람이 기능을 설정할 수 있는데, A8 선생님은 확실히 정상이 아니었다. 정상이라면 애초에 그런 무시무시한 표범을 선택하지 않았을 거다. 적어도 이웃을 생각하고 배려하는 사람이라면 아이들이 지나갈 때만 골라서 낮게 으르렁거리는 설정을 해 놓지도 않았을 테고 말이다. 그런 탓에 나는 그 집을 지나갈 때마다 귀를 틀어막아야 했다. 엄마한테 인조 표범 얘기를 몇 번 해 봤지만 별 소득이 없었다.

"사람이 항상 편안한 환경에서만 살 수는 없는 거야. 그리고 열일곱 살이 되면 더는 어린애가 아니고."

혹시 엄마도 사디스트가 아닌지 의심스러웠다. 아니면 아동 혐오증이거나. 이 단어를 만든 H7은 스스로 아동 혐오증이 있다고 말했다. 열일곱 살보다 나이가 어린 아이들이 무조건 싫다는 H7은 거울에 비친 자기 모습도 보기 싫다고 했다. H7과 나는 열다섯 살 동갑이고 H9은 열여섯 살이다.

어쨌든 나는 집에 돌아가야 한다. 그리고 다시 엄마를 마주해야겠지. 아, 친딸이 아니라고 했으니 엄마가 아닌가? 사실 조금 전에 은 교수한테 집에 가기 싫다고 생떼를 부렸었다.

"집에 가기 싫어요. 어차피 우리 집도 아니잖아요. A2가 내 엄마가 아니라고 직접 말했다고요."

그러자 은 교수는 내 머리를 쓰다듬으며 나를 부드럽게 달랬다.

"난 네 엄마가 얼마나 힘든지 누구보다 잘 안 단다. 날 믿으렴. A2는 틀림없이 네 엄마야. 어릴 때 너를 끔찍이도 아끼고 사랑했는데, 기억 안 나니?"

"그럼 왜 그런 거짓말을 해요?"

"그렇게 말해야 엄마 스스로도 덜 힘들고, 네가 강하게 버틸 수 있다고 생각했을 거야."

은 교수가 들고 있는 출입증에 적힌 'AI'은 고유 번호다. 효율적인 관리를 위해 국가가 모든 사람에게 고유 번호를 부여했다.

"말도 안 돼! 세상에 어떤 엄마가 자기 딸한테 그런 막말을 해요?"

나는 도무지 엄마가 이해되지 않았고, 너무 화가 나서 욕이 치밀어 오를 지경이었다. 그러나 은 교수는 나를 출입구까지 배웅한 뒤 내 어깨를 토닥이며 말했다.

"어서 집에 가 보렴. 엄마가 기다리고 있을 거야. 아마 네가 좋아하는 딸기를 사 놓았을걸?"

2055

제5장

52명

"아, 나도 딸기 좋아하는데……. 하도 오랫동안 못 먹어서 어떤 맛인지 기억도 안 나."

신야는 산샤의 새로운 소설을 다 읽자마자 휙 돌아앉아 투덜거렸다. 산샤도 불만스럽기는 마찬가지였다.

"어디 딸기뿐이야? 우리 집 식탁에는 이제 양배추, 당근, 호박밖에 없어. 그게 영양가가 높다나? 난 닭고기 맛도 잊어버릴 지경이야."

"우리, 너무 가난하다……."

도대체 부모님들은 무슨 걱정이 그렇게 많을까? 뭘 물어보든 두 집 부모님의 대답은 미리 짜기라도 한 듯 똑같았다.

"다 너 잘되라고 그러는 거야. 엄마 아빠가 다 알아서 하고 있으니까, 넌 아무 걱정 하지 마."

산샤는 아빠의 표정에서 고통스러운 속마음을 정확히 읽어 냈다.

'도저히 방법이 없어!'

그러나 산샤가 할 수 있는 일은 아무것도 없었다.

공기는 점점 더 나빠졌고, 얼마 전에는 가구별 물 사용량 제한 조치가 내려졌다.

아빠는 땅이 꺼져라 한숨을 내쉬었다.

"아빠가 초등학교 때 선생님들이 환경을 보호해야 한다고, 물을 아껴야 한다고 그렇게 말했었는데…… 교과서에 수십 년 동안 나오던 말이기도 하고."

엄마 아빠는 학교 갈 때 말고는 산샤를 집 밖에 나가지도 못하게 했다. 얼마 전부터 산샤가 계속 잔기침을 해서 병원에 갔지만 전혀 차도가 없었기 때문이다. 가만 보니 의사도 목소리를 최대한 가라앉히며 기침을 참고 있었다.

이제는 신야도 방독 마스크를 쓰기 시작했다.

산샤 아빠는 저녁 식사 후에 휴대폰을 들여다보며 엄마와 심각한 대화를 나눴다. TV가 없어 쓰레기 같은 프로그램마저 볼 수 없으니, 세상이 어떻게 돌아가는지 알려면 휴대폰이나 컴퓨터를 봐야 했다. 아마 TV 뉴스에서는 이런 내용을 보도했을 것이다.

"2055년 올 한 해에 정말 많은 일이 있었습니다. 첫 번째 소식입니다. 글로벌 경제 통계 보고서에 따르면 세계에서 가장 부유한 52명의 재산이 전 세계 자산의 절반을 차지한다고 합니다."

이 내용을 시소 그림에 대입해 보자. 시소 한쪽에 소중한 푼돈이나 부동산 계약서를 손에 꼭 쥔 100억 명이 빽빽이 올라서 있고, 다른 한쪽에는 평생 다 쓸 수도 없는 어마어마한 재산을 가진 52명이 여유롭게 앉아 있는 그림이 될 것이다. 아주 황당하고 어이없는 그림이겠지.

그리고 2055년에는 테러 소식이 1년 내내 끊이지 않았다. 세계 각국에서 하루가 멀다 하고 대규모 총격전과 폭발 사건이 일어나 수많은 사람이 죽거나 다쳤다. 주요 도시의 공항, 여행객이 몰리는 휴양지의 해변 등 언제 어디에서 테러가 일어날지 모른다는 것이 가장 큰 공포였다.

하반기에 전 세계를 공포에 몰아넣은 가장 충격적인 사건은 바로 핵전쟁이었다. 비뚤어진 야심에 사로잡힌 어느 나라가 이웃 나라에 핵폭탄을 투하했다. 평화롭던 한 나라

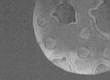

가 순식간에 지옥으로 변하는 모습이 TV를 통해 전 세계에 전해졌다.

산샤 가족은 이 지옥을 휴대폰으로 봤다. 나중에 컴퓨터 앞에 앉은 산샤는 그 끔찍한 뉴스를 차마 다시 볼 수가 없었다. 사람들 얼굴에서 절망과 극한의 공포가 고스란히 느껴졌다.

그날 산샤는 엄마 아빠가 악착같이 돈을 모으는 이유를 알게 되었다.

사실 산샤도 '그 일'에 관해 비공개 인터넷 게시판에서 본 적이 있었다. 많은 사람들이 하루빨리 화성행 티켓을 사려고 미친 듯이 돈을 모으고 있다고 했다. 강력한 전제 정치 아래서 교육의 기회나 정보를 제대로 얻지 못하는 몇몇 국가의 시민들을 제외하고, 전 세계 사람들은 이미 지구에서 살기는 어렵다고 판단했다. 지구 상공에 인류가 만들어 쏘아 올린 인공위성 수억 개는 대부분 우주 쓰레기가 된 지 오래였다. 테러의 공포가 끊이지 않으며 쓰레기에 둘러싸인 지구, 모두 이곳에서 탈출하고 싶어 했다.

하루하루 미쳐 가는 세상. 이런 분위기가 하루 이틀이 아니다 보니 많은 사람들이 일찌감치 삶을 포기해 버렸다. 하지만 이 상황을 벗어날 '능력'이 있는 사람들도 존재했다. 피라미드 꼭대기에 있는 사람들. 바로 그 52명이었다.

처음에는 국적이 같은 부자 몇 명이 모여 '안전하게 살 수 있는 곳'이 없을까 고민했다. 문밖에 나가는 것조차 무서운 세상이 됐으니까. 장을 보러 마트에 갔다가 비명횡사할지도 모르는 세상이니까. 더구나 이들은 국제 테러 단체의 최우선 공격 대상이었다.

그러나 테러 단체들도 핵무기의 위협에 노출되어 있긴 마찬가지였다. 그래서 이들 역시 돈이 모든 것을 해결해 주리라 믿었다. 어쨌든 돈이 많으면 많을수록 좋았다. 이미 지옥이 되어 버린 지구이지만, 어디에 존재할지도 모르는 안전한 공간을 살 수도 있고, 아니면 지구를 떠날 수도 있을 것이다. 이것이 이 시대 모든 세계인이 품은 삶의 목표였다.

그런데 하늘이 아직 인간을 완전히 버리지는 않은 모양이었다. 재난과 고통에 신음하는 지구에 한 줄기 서광이 비쳤다. 그것은 아주 희미한 희망의 빛이었다.

대만의 A 교수가 이끄는 연구 팀이 '솔라 세일''을 개발하고, 가장 멀게는 화성까지 갈 수 있는 우주여행 테스트에 성공했다. 여기에 들어간 엄청난 연구비는 미국의 테스 그룹이 지원했다. 언론에서는 테스 그룹이 화성행 티켓을 선판매하는 방식으로 막대한 자금을 끌어모았다고 추측했다. 돈만 있다면 누구든 지옥 같은 지구를 탈출할 티켓을 살 수 있었다.

A 교수는 미국의 목성 탐사선 주노(Juno) 설계 팀에 참여했던 인물이다. 그리고 몇 년 전 미국에서 진행된 우주여행선 테스트도 세 번 모두 성공적으로 마쳤다. 미국 대통령은 크게 기뻐하며 서둘러 다음 계획을 진행시키고, A 교수에게 다음에는 직접 우주선에 탑승하기를 바란다고 전했다.

이 우주여행선은 많은 사람들이 들어 본 적조차 없는 차세대 스털링 방사성 동위 원소 발전기, 일명 'ASRG'를 장착하고 있었다. 방사성 물질이 분열되면서 나오는 열에너지를 얇은 금속 표면으로 감싸 에너지로 사용하는 방법인데, NASA는 솔라 세일보다 훨씬 안정적으로 에너지를 공급할 수 있게끔 ASRG를 발전시켰다. 새로운 기술은 아니지만 철저히 비밀스럽게 연구했기 때문에, 이 사실은 돈이 많은 극소수만 알고 있었다.

돈이 많으면 확실히 좋다. 이제 돈만 있으면 언제든 우주로 날아갈 수 있는 세상이 되었다.

어느 날 NASA 관계자들이 대통령의 우주여행 준비 상황을 확인하기 위해 A 교수를 찾아왔다. 그날 A 교수는 충성도 테스트를 받는 기분이었다.

"문제없겠죠?"

40대 초반인 A 교수는 꽤 노련했지만, 이날은 왠지 마음이 불안하고 편편찮았다. A 교수가 살짝 인상을 찌푸리며 진지하게 대꾸했다.

"당연하죠. 일단 구체적인 일정부터 조율합시다."

A 교수는 NASA 관계자에게 필수적으로 준비되어야 할 사항을 이야기했다. 대통령이 미리 건강 검진을 받아야 하고, 한 달 동안 기본적인 우주 비행 훈련도 받아야 한다는 내용이었다.

그런데 전혀 예상치 못한 반응이 돌아왔다.

"모든 과정을 생략하고 대통령께서 바로 탑승할 수 있도록 진행하시죠. 아시다시피 미국의 대통령은 눈코 뜰 새 없이 바쁩니다."

'난 모르겠는데?'

이 일은 목숨이 달린 문제였다. 귀하신 몸이라면 더더욱 철저히 준비해야 한다. 그러니까 이건 충성도 테스트가 틀림없었다. 대통령의 생명을 경솔하게 생각하지는 않는지 확인해 보려는 듯했다. NASA 관계자라면서 우주와 관련

된 기본 지식도 없는 것 같았다. 설마 우주 비행 훈련이라는 말도 못 들어 봤나?

우리 몸은 모든 기능이 지구에서 생활하는 데 맞춰진 상태라 우주여행을 하려면 반드시 적응 훈련 과정을 거쳐야 한다. 티켓만 산다고 바로 우주선에 탑승할 수 있는 것이 아니다. 신체 기능의 적응력을 높이는 훈련을 해야 하고, 상황에 따라 아직 실험 단계에 있는 '신체 개조'와 관련된 생명 과학 기술이 필요할 수도 있다.

하지만 이 관계자는 우주선 탑승을 지하철 탑승쯤으로 여기는 것 같았다. 온라인에서 표를 예매한 뒤, 바로 짐을 싸 들고 나가면 된다고 생각하는 듯했다.

그런데 그 순간, A 교수의 뇌리에 이런 생각이 스쳤다.

'가만, 안 될 것도 없지 않나?'

A 교수는 서둘러 NASA 관계자를 돌려보낸 뒤 연구 팀을 소집해 자기 생각을 설명했다. A 교수 연구 팀에서 가장 주축이 되는 팀원은 바로 그의 아내였다.

훗날 A 교수는 이 순간이 '기술적 특이점'[3] 같았다고 회상했다. 과학 기술 자체가 변하지는 않았지만, 사고의 방향이 크게 달라졌기 때문이다. 단순히 어떤 문제를 해결한다는 개념에서 벗어나 완전히 새로운 사고 체계를 세운 것이다.

　이런 변화를 보통 사람들은 전혀 몰랐다. 산샤는 인터넷 '종말 대화방'에서 이런 얘기를 하는 사람들을 보았다. 대화방 이름이 정말 기가 막히게 잘 어울렸다.

　"돈이 있다 해도 우리처럼 평범한 사람한테까지 차례가 올까?"

　"과학 기술이 정말로 지구를 떠나 화성으로 이민 가는 수준까지 발달했다고?"

　산샤도 마지막 사람과 비슷한 생각이었다. 인류가 생존할 수 있는 다른 행성은 아직 없을 것 같았다. 그래, 만에 하나 그런 곳이 있다고 치자. 이 많은 지구인들이 다 이주할 수 있을까? 문제는 그뿐이 아니다. 식량을 재배하는 것도 문제고, 싸우지 않고 나누는 것도 문제다. 과연 사람들이 얌전히 줄을 서서 주는 만큼만 조용히 받아 갈까?

　산샤와 신야는 화가 났다. 지구를 떠나는 우주선 티켓을 사려고 그렇게 악착같이 돈을 모은다니, 정말 바보 같았다. 화성행 티켓은 100퍼센트 사기꾼의 농간일 것이다.

　그런데 아빠의 반응이 더 충격이었다.

　"진짜든 가짜든 너를 보낼 수만 있다면, 무슨 수라도 쓸 거야."

"네? 날 보낸다고요? 그럼 엄마랑 아빠는요?"
산샤는 너무 기가 막혔다.
세상이 미쳐 버린 것 같았다.

　나는 H7에게 따지지 않았다. H7도 왜 약속을 지키지 않았는지 해명하지 않았다. 우리는 마치 짜기라도 한 듯 아무 일도 없었던 것처럼 행동했다.

　오늘은 H7이 버섯을 따러 가자고 해서 남쪽 2구역 온실에 갔다. 나는 H7의 목적이 버섯 따기가 아니라는 사실을 알았다. 그래서 두말없이 따라나섰다. 사실은 우리의 두 번째 탐험이었다.

　우리는 버섯 온실에 도착해 중력 장화로 갈아 신자마자 남쪽 끝으로 달려가 투명한 온실 창에 달라붙었다. H7이 배낭에서 망원경을 꺼내 바깥을 유심히 살폈다. 나는 초조

하게 주위를 두리번거리며 H7을 다그쳤다.

"빨리, 빨리! 좀 있으면 버섯 채취 팀이 들어올 거야."

오늘은 정기적으로 버섯을 채취하는 날이라 곧 있으면 버섯 채취 로봇이 들어올 예정이었다. 한마디로 비밀 모험을 할 만한 날이 아니었다. 로봇마다 감시 기능이 장착되어 온실 구석구석 모든 상황을 녹화하기까지 한다. 그렇지만 버섯 온실을 개방하는 날이 오늘뿐이라 선택의 여지가 없었다. 로봇보다 일찍 움직이는 수밖에. 다행히 잘 익은 버섯만 딸 수 있게끔 로봇의 기능을 설정하고 테스트하느라 준비 시간이 오래 걸렸다. 우리는 서둘러 두 번째 탐험을 시작했다.

"와! 희미한 빛이 보여. 와……."

H7이 계속 감탄사만 내뱉어 대서 도저히 참을 수가 없었다. 나는 망원경을 휙 가로채 두 눈을 크게 뜨고 살폈다.

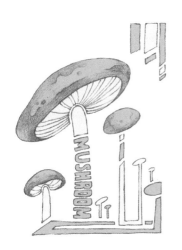

"난 아무것도 안 보이는데?"

눈을 가늘게도 떠 보고 크게도 떠 봤지만 소용없었다. 이 망원경에는 저 멀리 떠 있는 다른 온실 내부까지 훤히 들여다볼 수 있는 고성능 천문 관측용 렌즈가 달려 있었다. 그런데 왜 아무것도 안 보이지? 혹시 H7이 헛것을 봤나? 이런 생각을 하다가 잘못해서 옆에 있는 기둥에 발을 부딪쳤다. 복사뼈 부근이 살짝 긁혀 피가 났다. H7이 얼른 주머니에서 손수건을 꺼내 발목에 묶어 주었다.

"어떡해. 감성 손수건이 더러워졌잖아."

"괜찮아. 예상하지 못한 사고가 일어났을 때 피나 다른 뭔가를 닦아 내려고 갖고 다니는 거야."

나는 H7이 말하는 '다른 뭔가'가 무엇인지 알고 있었다. 예전에 아주 긴 시간 동안 토론을 한 적이 있는데, 그때 H7의 손수건에 '감성 손수건'이라는 별명이 생겼다. H7은 손수건의 가장 주요한 쓰임새가 눈물을 닦는 것이라고 말했다. 눈물은 정의만 알 뿐 직접 경험할 수 없는 신비로운 존재다. 가끔 모니터를 오래 들여다보고 있으면 눈가에 살짝 액체가 고일 때는 있었다. 눈물이란 눈에서 흘러나오는 액체라고 H7이 설명했지만, 단순히 눈을 지나치게 썼을 때 나오는 액체를 뜻하지는 않을 터였다.

"그거 말고 다른 감성적인 이유도 있어. 나도 설명을 읽어 본 게 전부라 뭔지는 잘 몰라. 그런데 네가 우리 중에 제일 감성적이니까, 그나마 눈물을 흘릴 가능성이 있지 않아? 큭큭.”

아무튼 나는 지금도 그 감성적인 이유가 무엇인지 전혀 상상할 수 없다. 단지 언제든 눈물을 닦을 수 있게 손수건을 항상 주머니에 넣어 두어야 한다는 사실만 알 뿐이다.

그때 금속 물체가 움직이는 소리가 들렸다. 버섯 채취 로봇들이었다. 우리는 재빨리 자세를 바꿔서 오른쪽에 있는 팽이버섯을 신기하게 구경하는 척하며 일부러 큰 소리로 대화했다.

“와, 이건 엄청 빨리 자랐네. 난 버섯이 정말 좋아. 영양가도 높잖아.”

우리는 오후 첫 수업 시간에 맞춰 학교로 돌아왔다. 수업이 끝난 뒤 다시 작전 회의를 했고, 다음 주에 한 번 더 온실에 가기로 했다.

“옛말에 호기심이 고양이를 죽일 수 있다°고 했는데, 네 호기심은 버섯을 밟아 죽이겠구나.”

내가 버섯 온실에서 뒷걸음질 치다가 버섯을 밟은 일로 H7이 몇 번이나 놀렸지만, 나는 신경 쓰지 않고 혼자 중얼거렸다.

“도대체 그 온실에는 뭐가 있을까?”

언젠가 버섯 온실을 구경하다가 우연히 남쪽 창밖으로

보이는 특이하게 생긴 구체를 발견한 적이 있다. 얼핏 보니 온실 같았는데, 공중에 고정되어 천천히 자전하고 있었다. 지도를 찾아봤지만 그 위치에는 온실이 없었다. 지도를 보니 국가 행성 상공을 돌고 있는 온실은 모두 열 개였다. 그곳에서는 생존에 필요한 과일과 채소를 재배했다. 그중 몇 개는 우주선과 우주 열차를 수리하거나 필요한 부품을 보관하는 데 썼다. 모든 온실은 외벽 색으로 구분하는데, 그 온실은 짙푸른 색이라 주변 배경과 잘 구분되지 않았다. 눈을 크게 뜨고 여러 번 살펴본 뒤에야 그 존재를 확인할 수 있었다.

짙푸른 온실이 짙푸른 먼 하늘에 떠 있으니 잘 보이지 않는 것이 당연했다. 사실 내가 제단을 빠져나간 다음 도망치려 했던 곳이 바로 그 온실이다. 지금 생각하니 정말 멍청한 계획이었다. 그곳까지 갈 방법을 몰랐으니까.

며칠 뒤, 나는 H7에게 세 번째 탐험을 가자고 말했다. H7은 흔쾌히 대답하더니 나보다 더 절박하고 기묘한 표정을 지으며 주머니에서 손수건을 꺼냈다.

"감성 손수건을 아주 유용하게 쓰겠어. 지금 너무 좋아서 눈물이 날 것 같거든."

그 말이 황당해서 욕이 튀어나왔다.

"이런 미친!"

H7은 수건을 도로 집어넣고 작게 소곤거렸다.

"농담도 못 해? 그럼 너무 재미없잖아."

이날 세 번째로 떠난 버섯 온실 탐험, 정확히 말하면 '정체불명의 짙푸른 온실' 조사 작전은 아무 성과가 없었다. 하지만 그곳에 관해 알고 싶다는 열망은 더욱 강해졌다. 은 교수에게 물어보면 대답해 줄지도 모른다. 물론 아닐 수도 있고.

그런데 며칠 동안 은 교수가 조금 이상했다. 같이 대화하다가도 갑자기 정신을 딴 데 팔기 일쑤였다. 내가 무슨 얘기를 했는지도 모르면서 혼자 대충 결론을 내려 버리기까지 했다.

"아, 재미있는 발상이구나. 나중에 다시 생각해 보마."

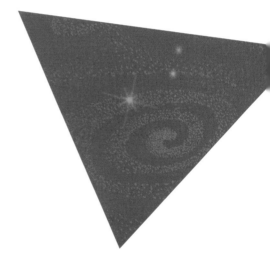

2055

제6장

누가 세상을 만들고 있을까?

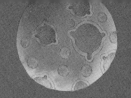

"내 생각엔, 그 온실 안에 바다가 있을 것 같아."

신야가 산샤의 소설을 읽자마자 기발한 아이디어를 내놓았다. 산샤는 문득 신야의 상상력이 풍부해졌다는 생각이 들었다. 역시 '사랑'에는 신비한 힘이 있는 모양이다.

그 '사랑'이 산샤의 마음도 꽁꽁 묶어 버렸다. 그러나 그 감정을 절친 신야에게 도저히 털어놓을 수가 없었다. 비록 마음속에 숨겨야 하는 사랑이지만, 사랑의 넝쿨이 마음과 머리를 온통 휘감은 덕분에 암울한 현실 세상을 조금이나마 잊을 수 있었다.

선생님들은 지난번 도서관 합반 수업이 꽤 효과적이라

고 판단한 모양이었다. 다 함께 영상 자료를 시청한 뒤 각자 책을 찾아 읽는 방식이기 때문에 굳이 반을 나눌 필요가 없었던 것이다. 그래서 매주 목요일 3교시마다 받게 된 도서관 수업은 산샤와 신야가 손꼽아 기다리는 수업이자 가장 좋아하는 수업이 되었다.

어느 순간부터 산샤는 신야의 질투가 느껴졌다. 선생님이 첫 수업 때 자리를 고정 좌석으로 정해 버리는 바람에 산샤는 멍췬 바로 옆에, 신야는 멍췬과 가장 먼 자리에 앉아야 했기 때문이다.

산샤는 서가 앞에 한동안 가만히 서 있었다. 남들 눈에는 읽을 책을 고르지 못한 것처럼 보였지만, 사실 멍췬의 옆에 앉을 생각으로 기쁨에 가득 차 있었다. 잠시 뒤 산샤는 아무 책이나 대충 한 권 뽑아 들고 자리로 돌아갔다. 의자에 앉을 때는 곁눈질로 멍췬이 무슨 책을 읽는지 확인했다. 산샤는 "어떤 책을 읽는지 보면 그 사람을 알 수 있다."라는 선생님의 말을 기억했다. 그래서 산샤는 늘 추리 소설만 읽었다. 추리 소설을 읽을 만큼 똑똑하다는 것을 남들에게 보여 주는 동시에 장차 추리 소설을 쓸 수 있는 능력을 키우기 위해서였다.

신야는 공룡 백과사전, 목재 골동품 가구 도감 같은 도감 종류의 책을 좋아했다. 그냥 보기만 하는 것이 아니라 온갖 상상의 나래를 펼쳤다. 다양한 색감과 형태를 보면서 머릿속으로 새로운 모양을 만들어 가는 순간이 무척 즐겁다고도 했다.

두 사람은 이 문제로 오랫동안 논쟁을 벌인 적이 있었다. 산샤는 기존에 있는 것이나 사진을 통해서가 아니라 자기 힘으로 새로운 것을 자유롭게 만들어야 한다고 생각했다. 그렇기 때문에 무한한 상상의 원천은 문자라고 주장했다.

예전 도서관 수업 때는 둘이 자리에 앉을 틈도 없이 서가 사이에서 소곤소곤 토론을 벌이곤 했지만, 지금은 린밍 취안의 존재가 두 소녀 사이를 멀어지게 했다. 어느 순간부터 둘의 우정이 점점 옅어지고 있었다.

산샤는 이러면 안 된다고 생각했지만 달리 어쩔 도리가 없었다. 무엇보다 밍취안의 옆자리를 독차지하는 그 순간이 엄청 행복했다. 밍취안과 제대로 대화를 나누지는 못해도 책장 넘기는 소리, 공책을 펼치고 열심히 필기하는 소리, 앞으로 살짝 숙인 고개 각도 등 밍취안의 작은 행동 하나하나에 감동하며 달콤한 상상에 빠졌다.

그중 산샤의 호기심을 강하게 자극하는 것이 하나 있었

다. 바로 멍췬의 필통 뚜껑에 새겨진 '마지막 한 사람'이라는 문구였다. 산샤가 그 문구를 뚫어지게 바라보고 있는데, 갑자기 멍췬이 산샤를 돌아보며 부드럽게 미소 지었다. 산샤는 깜짝 놀라 고개를 숙였다. 심장이 터질 듯이 날뛰었지만, 기분은 무지 좋았다.

그날 밤 잠자리에 누운 산샤의 머릿속에 자꾸 멍췬의 미소가 떠올랐다. 멍췬과 멍췬의 엄마를 미행한 일에 멍췬의 미소까지 더해지자 산샤는 웬지 멍췬과 아주 가까워진 느낌이 들었다. 더구나 이 일은 신야도, 다른 어느 누구도 알지 못했다. 산샤는 어느 순간부터 멍췬이 자기를 힐끔거리는 것 같았다. 어쩌면 착각일지도 모르지만.

산샤는 멍췬과 멍췬 엄마를 미행한 일이 혼자만의 비밀임을 확신했다. 그들을 따라 숲 어귀에 도착했을 때, 입구는 막혀 있었고 다른 사람은 아무도 없었다. 그런데 멍췬 엄마가 멍췬의 손을 잡더니 줄 아래로 통과해 안쪽의 작은 문을 열고 들어갔다. 두 사람은 순식간에 산샤의 시야에서 사라졌다. 산샤는 더는 뒤쫓지 못하고 집으로 돌아왔다.

'혹시 멍췬 엄마가 숲 관리소 직원이라 그냥 들어갈 수 있었던 거 아닐까? 아니면 법을 어기고 막 들어갔나?'

생각이 거기까지 다다르자 산샤는 더욱 엉뚱하고 설레

는 상상을 펼쳤다. 멍췬이 자기 손을 잡고 진입 금지 라인을 넘어 들어가고, 둘을 뒤쫓아 온 멍췬의 엄마가 어쩔 수 없이 발길을 멈추는 모습을 떠올렸다. 생각할수록 심장이 제멋대로 날뛰었다.

구산샤! 정신 차려! 작가는 이성을 잃으면 안 돼!

아, 나도 내가 왜 이러는지 모르겠어. 멍췬이 너무 잘생겨서? 무뚝뚝하고 차가운 표정이 너무 매력적이어서? 아니야. 지금은 누구든 마음을 쏟을 사람이 필요한 거야.

산샤는 이렇게 결론 내렸다. 이렇게라도 하지 않으면 엄마 아빠 그리고 모든 사람이 고통에 빠진 스모그 세상을 무슨 낙으로 살아가겠어?

이 순간 가장 아쉬운 점은 이 비밀을 신야와 공유할 수 없다는 거였다.

전날 밤에 신야가 싱글거리며 산샤네 집에 놀러 왔다. 새로 쓴 이야기를 보여 달라고 해서 컴퓨터를 켜고 파일을 찾는데, 신야가 고새를 못 참고 얘기를 털어놓았다.

"있잖아, 오늘 아침에 멍췬이 학교 가다 말고 갑자기 멈추더니 길가에 한참 서 있었어."

"그래서 오늘 아침에 우리 집에 안 왔던 거야? 멍췬을 뒤쫓아 가느라고?"

산샤가 눈을 부라리며 다그치자 신야가 힘주어 고개를 흔들었다.

"아니야. 그게 아니라, 내가 매일 찾아오면 네가 너무 귀찮을까 봐 그랬어. 아무튼 몰래 지켜봤는데, 그렇게 한참을 서 있다가 다시 걸어가더라고."

산샤는 너무 어이가 없었다.

"사람이 걸어가다가 잠깐 멈췄다 다시 걸어가는 게, 지금 그게 신기하다는 거야?"

이번에는 신야가 섭섭하다는 듯이 한숨을 내쉬었다.

"네가 몰라서 그래. 뭐라도 하지 않으면 버틸 수가 없단 말이야. 내 인생에 무슨 의미가 있겠어? 아빠가 나무를 사 주기로 했었는데, 이제 와서 안 된대. 벌써 한 달째 아무것도 못 만들고 있다고."

신야가 자기 손을 물끄러미 바라보며 슬픈 표정으로 말했다.

"사실 작은 무대랑 나무 인형을 만들어서 네 소설로 인형극을 해 보려고 했단 말이야."

산샤는 몹시 미안했다. 신야가 이렇게까지 자기 생각을 해 줄 줄은 몰랐다.

"그 얘긴 그만하고, 내가 어젯밤에 새로 쓴 글을 읽어 볼

래?"

신야는 소설을 읽고 나서 뜻밖의 아이디어를 제안했다.

"산샤, 여기 나오는 H7 말이야, 린멍췬을 모델로 하면 어때? 외모나 성격이 딱 어울릴 것 같은데."

신야는 사람에 대한 호불호가 뚜렷하고 아주 솔직한 성격이었다. 산샤는 그런 신야가 좋았고, 그래서 두 사람은 눈빛만 봐도 뜻이 통하는 절친이 됐다. 그런데 지금 산샤는 신야에게 많은 것을 숨기고 있었다. 이래도 될까?

하지만 산샤는 마음속으로만 간직하며 혼자 고민해야 하는 일도 있다고 생각했다. 게다가 요즘 세상에는 얘기를 꺼내 봤자 어차피 해결할 수 없는 일이 너무 많다.

막막했다. 이른 아침, 뿌연 먼지에 휩싸인 세상을 마주할 때처럼.

과학자로서 A 교수의 인생은 전혀 막힘이 없었다. 자기 전문 분야에서 늘 뛰어난 성취를 기록하며 최고의 자리를 확고히 다졌다. A 교수는 승부욕이 강한 사람은 아니었다. 다만 어릴 때부터 세상을 위해 뭔가 해야 한다는 일종의 숙명을 느꼈다.

A 교수의 원래 전공은 유전 공학이었다. 그러던 어느 날

〈블레이드 러너〉⁴라는 영화를 보고는 그 학기가 끝난 뒤에 전공을 바꿨다. 친구들 반응은 대체로 비슷했다.

"정말 말도 안 돼! 그 영화가 좀 우울하긴 해도, 이렇게 까지 할 일은 아니잖아?"

A 교수는 영화 포스터 한쪽에 인쇄된 원작 소설 제목을 가리켰다.

"'안드로이드는 전기 양을 꿈꾸는가?' 꿈을 꾼다 해도 그게 무슨 의미가 있을까?"

이때 이 말을 들으며 조용히 미소 짓던 여학생이 훗날 A 교수의 아내가 되었다.

A 교수는 이 영화에서 특히 인간이 인조인간을 죽인다는 점이 몹시 안타까웠다. 이 안타까움이 인생의 목표까지 바꿔 버릴 수 있었던 이유는 아마도 타고난 '낭만' 유전자 때문일 것이다. 유전자 연구를 접은 A 교수는 어려서부터 좋아하고 관심이 많았던 우주 과학에 몰두했다.

A 교수는 너무도 갑작스럽게 유전자 연구를 중단했지만, 꾸준히 유전자 연구를 이어 간 아내와 자주 이야기를 나눈 덕분에 유전 공학에서 완전히 멀어지지는 않았다.

현재 유전자 복제 기술은 20세기 SF 소설가 아지모프⁵의 예언대로 아직 온전한 인간을 복제할 필요는 없고, 질병 치료를 위해 세포를 채취해서 무성 생식으로 장기를 배양할 수 있는 정도였다. 사실 온전한 인간 복제도 이미 가능했지만, 생명 윤리 문제가 해결되지 않아 본격적으로 진행하지 못할 뿐이었다.

딱 한 번, 특별한 경우가 있었다. 어느 나라 대통령이 저격을 당해 쓰러진 뒤, 곧바로 비밀리에 복제 프로젝트가 시작됐다. 세포 분열 속도를 최대한 높여 1년 만에 온전한 성인 복제 인간을 만들어 냈다. 그러나 이 복제 인간은 겉모습만 똑같았기 때문에 대통령 역할을 수행할 수는 없었다. A 교수의 아내는 이 프로젝트를 진행하는 동안 "오, 신이시여, 부디 이 복제 인간이 폭군이 되지 않게 해 주세요."라고 말하곤 했다.

A 교수 아내의 바람대로 복제 인간은 폭군이 되지 않았지만 치매 증상이 나타났다. 복제 인간 프로젝트의 본래 목적은 국가의 위기 상황 극복이었다. 당시 이 나라는 국민의 힘을 하나로 모아 반군 세력에 맞설 수 있는 위대한 지도자가 절실한 상황이었다. 그래서 대통령이 죽지 않았다는 사실만으로 온 국민의 사기가 크게 올랐다. 이 분위기에 위협을 느낀 반군 세력은 제대로 싸워 보지도 않고 도망쳤다. 총을 맞고도 기적적으로 살아난 대통령은 그 뒤

공식적으로 은퇴하고 새로운 대통령이 선출됐다.

복제 인간의 가장 큰 문제는, 원래 세포의 주인과 염색체는 완벽하게 일치하지만 절대 같은 사람이 될 수는 없다는 점이었다.

어느 날, A 교수가 전혀 예상하지 못한 일이 벌어졌다. 오래전에 접었던 유전 공학을 다시 연구하게 된 것이다. 자의 반 타의 반으로 어쩔 수 없이 시작해야 했다. 이 과정에서 아내의 전문적이고 효율적인 보조가 정말 큰 도움이 됐다.

'인체가 감당할 수 있는 최대 우주 비행 거리'는 우주 이민 프로젝트에서 해결해야 할 난제 가운데 하나였다. A 교수는 이 문제를 해결하려면 기본적으로 유전자 개조가 필요하다고 생각했다. 그래서 아내의 연구 팀과 함께 온갖 유전자 개조 방법을 연구했다. 심지어 튼튼한 장기를 새로 만들어 이식하자는 의견이 나오기도 했다. 문제는 대부분 생체 실험을 거쳐야 하기 때문에 시간이 오래 걸린다는 것이었다.

그러나 주어진 시간은 많지 않았다.

비뚤어진 야심으로 이웃 나라에 핵폭탄을 날렸던 그 나라가 다음 공격 대상을 공개적으로 발표하면서 전 세계가 또 한 번 공포에 휩싸였기 때문이다. 한편으로는 국제 테러 단체의 생화학 무기 공격으로 세계 곳곳에서 수많은 사상자가 발생했다. 이즈음 A 교수는 과학 분야의 세계적인 권위자들을 비밀리에 모아 '우주 이민' 계획을 세우라는 지령을 받았다.

떠날 수 있다면 떠나는 것이 가장 좋았다. 지금 어느 글로벌 기업에서는 화성 부근에 로봇을 투입해 화성 우주 식민지를 건설하고 있었다. 모두 세 군데로, 대략 수천 명을 수용할 수 있는 규모였다.

우주 식민지 프로젝트는 일단 과학자들을 이주시켜 화성 환경을 개선하고, 에너지 자원을 개발해 온전한 생존 환경을 만든 뒤에 사람들을 이주시킬 계획이었다.

이 프로젝트의 핵심은 에너지였다. 에너지원 확보는 생존에 필요한 모든 문제를 해결하는 기본 중의 기본이었기 때문이다. NASA는 이 과제를 풀기 위해 오래전부터 암암리에 연구한 끝에 다이슨 구를 완성해 냈다. 20세기 초반에는 하나의 가설에 불과하던 다이슨 구가 드디어 실제로 만들어진 것이다. 공 모양 껍데기로 항성을 완벽하게 감싸 항성에서 나오는 에너지를 그 안에 가둠으로써 충분한 에너지를 확보할 수 있었다.

사실 다이슨 구로 에너지 문제를 해결하면 지구에서도 생존이 가능했다. 태양이 적어도 50억 년은 더 에너지를 공급해 줄 테니까. 그러나 지금 지구는 국가와 종교 사이의 전쟁과 테러 단체의 무차별 공격이 끊이지 않는 지옥으로 변했다. 지구 에너지가 아직 부족하지는 않지만, 이들이 지구를 지옥으로 만드는 데 소모하는 에너지가 훨씬 많아지고 있었다. 그래서 다이슨 구를 일부러 가동하지 않았다.

그런데 이제 드디어 때가 왔다. 화성 식민지 개발에 박차를 가하려면 다이슨 구를 가동해야 했다. 박차를 가하는 정도로는 부족했다. 밤낮없이, 쉴 새 없이 움직여야 했다.

일단 화성 우주 식민지 주변에 식량을 재배할 온실을 만들었다. A 교수가 맡은 우주선은 무인 자동 항법 시스템으로 벌써 수차례 화성 우주 식민지를 왕복하며 테스트를 마쳤다. 마지막으로 유인 우주선이 화성 우주 식민지에 무사히 도착할 수 있을지를 두고 봐야겠지만…… 만약 성공한다면 화성의 환경 가운데 가장 악조건에 해당하는 기온부터 손을 대야 했다. 현재 화성은 일교차가 매우 크고 최저 기온이 영하 100도까지 떨어지기도 했다.

일단 최고의 과학자들을 화성 우주 식민지에 보내 수십

억 지구인을 위한 새로운 화성을 만드는 것이 가장 이상적인 방법이었다. 그러나 이상과 현실은 언제나 거리가 있기 마련이다.

화성 우주 식민지 건설을 위한 선발대에 참여해 달라는 제안을 A 교수는 단호하게 거절했다.

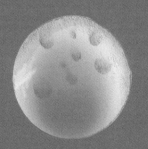

7

　살다 보면 누구에게나 결코 잊을 수 없는 순간이 찾아온다. 특히 슬프고 가슴 아픈 순간은 더욱 잊지 못할 것이다. 반대로 즐거운 일은 아무리 큰 기쁨이라도 시간이 지날수록 기억이 희미해져 느낌만 어렴풋이 남는다. 그러나 슬프고 가슴 아픈 순간의 충격은 시간이 흐르면서 강도는 약해질지언정 절대 지워지지 않는다.

　내 인생에도 그런 날, 그런 순간이 있었다. 은 교수가 세상을 떠난 바로 그날. 나는 그날의 모든 일을 똑똑히 기억한다. 그리고 생각하면 생각할수록 가슴이 더 아프다.

　그날 아침, 나는 침대에 누워 잠시 뒤 울릴 알람을 기다

리고 있었다. 기상 알람은 전자 칩의 기본 설정이기 때문에 일찍 일어나도 끌 수가 없었다. 정말 이상하다고 생각하는 국가 규정 중 하나였다.

언젠가 이 얘기를 했더니 은 교수는 이렇게 대답했다.

"벌써 일어난 사람이라도 알람 소리를 들으면 정신이 확 들기 마련이거든."

H7은 은 교수가 잘난 척하며 헛소리를 지껄인다고 생각했을지 몰라도, 나는 확실히 그 말이 맞다고 생각했다. H7과 H9이 은 교수를 비웃곤 했지만, 은 교수의 말은 언제나 일리가 있었다.

나는 눈을 뜨고는 있었지만 몽롱한 상태였다. 그러다 요란한 알람 소리를 들으니 정신이 번쩍 들면서 여기가 어딘지, 내가 누군지가 명확해지는 기분이었다.

다섯 번째로 손목을 들어 시각을 확인하려는데, 갑자기 난생처음 들어 보는 날카로운 소리가 들렸다. 경보음이 분명했다. 누구든 이 소리를 들으면 무슨 일인가 싶어 밖으로 뛰쳐나갈 수밖에 없을 것이다.

나는 벌떡 일어나 거실로 나갔다. 그런데 엄마가 보이지 않았다.

서둘러 비밀번호를 입력하고 잠옷 바람으로 대문을 열

었다. 기본으로 설정된 밝고 눈부신 햇살이 온몸을 감쌌다. 연하늘색 잠옷에 쏟아지는 인공 햇살이 미세하게 흔들렸다.

저쪽에서 H7이 달려오며 잔뜩 공포에 질린 얼굴로 소리쳤다.

"은 교수가 죽었어!"

뭐라고?

'죽었다'는 말이 무슨 뜻인지는 안다. 하지만 이 나라에서는 죽은 사람이 한 명도 없다. 적어도 내가 태어난 이후로는 그런 일이 없었다. 그러니 당연히 장례식에 가 본 적도 없다.

예전에는 모든 생명체에게 시작과 끝이 있었다고 한다. 태어나는 순간이 시작이고 끝은 죽음이었다. 사람은 평균 80년을 살았다고 한다. 생명이 끝나는 상황은 저마다 달랐다. 편안하게 자연사하는 사람도 있었고, 신체적으로 큰 고통을 받다가 죽는 사람도 있었고, 뜻밖의 사고로 허망하게 죽는 경우도 있었다.

그러나 이제는 죽음의 공포가 완전히 사라졌다. 신체가 훼손돼도 금세 고칠 수 있다. 심장 같은 장기를 비롯해 온몸의 피부를 교체할 수도 있다. 넘어져서 피가 나면 바로 레이저 치료를 받는다. 5분 만에 상처가 아물고 돋아난 새 살은 묵은 피부보다 훨씬 부드럽고 윤기가 흘렀다.

얼마 전 은하 신 제사의 제물이 됐던 날, 내가 이 나라에서 최초로 '죽은 사람'이 될 거라고 생각했었다.

죽음은 곧 사라지는 것이다.

은 교수가 사라졌단 말이야?

H7과 나는 은 교수의 실험실로 정신없이 달려갔다. 실험실 안팎으로 사람들이 북적거렸다. 나는 까치발을 하고 은 교수를 찾았다. 당연히 없었다. 그런데 엄마가 은 교수의 컴퓨터 앞에 앉아 있었다.

은 교수는 개인 컴퓨터를 보물 다루듯 하며 아무도 만지지 못하게 했었다. 하도 이상하고 궁금해서 그 이유를 직접 물어본 적도 있다. 혹시 컴퓨터에 무슨 큰 비밀이 숨겨져 있는지, 왜 나랑 H7이 가까이 가면 바로 모니터를 꺼 버리는지도 물었다. 도대체 왜 못 보게 하는지가 궁금했다. 그때마다 은 교수는 묘한 미소를 지었다.

"그래, 맞아. 이 컴퓨터에는 온갖 악마가 들어 있는데, 너희가 악마한테 잡혀가면 안 되잖아. 한번 잡혀 들어가면 절대 못 나오거든."

열다섯 살 우리에게는 너무 유치하게 느껴지는 말이었

지만, 정말로 은 교수다운 대답이기도 했다.

평소에 은 교수는 학생들의 요구를 웬만하면 다 들어주는 너그러운 어른이었다. 그렇지만 개인 컴퓨터 근처에 가는 것만큼은 절대 허락하지 않았다. 나는 혹시 뭐라도 알아낼 수 있지 않을까 기대하며 질문을 핑계로 은 교수를 자주 찾아갔다. 은 교수는 늘 나를 보자마자 컴퓨터를 껐다. 그러고는 벽에 붙여 놓은 그림을 만지며 슬며시 웃곤 했다.

"이 그림은 누가 그린 거예요?"

"이건 복제품이야. 그림 제목은 '아담의 창조'란다. 직접 검색해 보렴."

그림 속에서 두 남자가 뻗은 손가락이 맞닿기 직전이었다. 지구력 16세기 초 이탈리아의 예술가 미켈란젤로가 성당 천장에 그린 벽화 중 일부였다. 창세기 이야기 가운데 아홉 장면을 그림으로 표현한 벽화 전체의 제목은 〈천지창조〉였다.

은 교수 책상 옆에 붙은 그림은 〈천지 창조〉 아홉 장면 중 하나인 '아담의 창조'였다. 오른쪽 남자는 하느님이었다. 하느님이 자기 외모를 본떠 만든 최초의 인류가 바로 왼쪽에 있는 아담이었다. 그림 속 아담은 준비가 됐다는 표정이었다. 열심히, 잘 살아 볼 준비가 되었다는 뜻일까?

"우리는 누가 만들었어요? 신이 만들었나요, 국가가 만들었나요?"

은 교수의 눈이 살짝 가늘어지고 초점이 흐려졌다. 내 질문의 답이 머나먼 우주 공간 너머에 있다는 듯한 표정이었다.

"그 문제는 영원히 풀기 힘들 거야."

먼 옛날 지구인에게 종교라는 것이 있었고, 그것이 아주 심오한 의미를 담고 있다는 점은 안다. 하지만 이 그림이 흥미로운 이유는 종교적인 의미 때문만은 아니다. 만약 신이 인간을 만들었다면, 왜 만들었을까? 손가락을 뻗어 인간에게 생명을 부여하는 순간, 신은 도대체 무슨 생각을 했을까?

신이 인간을 만들 때, 훗날 인간이 지구를 떠나 다른 행성에서 영원히 살리라는 사실을 과연 알았을까? 오늘날 우리들처럼.

그나저나 엄마는 뭘 하는 거지? 엄마는 은 교수의 컴퓨터를 작동하려는 것 같았다. 엄마 옆에 국가 식량국 A3 교수, 국가 교통국 A7 교수 등 A급 원로들이 모여 뭔가 심각한 대화를 나누고 있었다. A급 원로는 국가 핵심 기관을 책임지는 중요한 직책을 맡은 사람들이다. A1인 은 교수는 우주 식민지 총괄 운영과 교육을 담당했다. 내가 아는 사실은 대략 이 정도다.

은 교수의 컴퓨터에 도대체 어떤 자료가 들어 있기에 A급 원로들이 전부 모여 초조해하는 걸까? 원로들은 심지어 이렇게 많은 사람들이 지켜보고 있다는 사실조차 잊은 것 같았다.

우리 엄마는 A2이고, 재건 책임자다. 재건이 신체와 관련된 일이다 보니, 많은 사람들이 엄마를 공경하며 깍듯하게 대했다. 평소 예의와 거리가 먼 H7도 우리 엄마 앞에서는 온순 모드로 설정한 인조 고양이처럼 아주 얌전했다.

혹시 엄마가 은 교수를 재건할 방법을 찾는 걸까? 은 교수가 죽었다는데, 시체는 어디 있지? 엄마가 재건해 주겠지? 하느님이 아담을 만든 것처럼.

뭔가 물어보려고 고개를 돌렸는데 H7이 보이지 않았다. 이리저리 둘러보니 어느새 실험실 밖에 나가 있었다. 그때 H7이 주머니에서 감성 손수건을 꺼냈다. 그 모습을 보는 순간, 마치 내 심장에 달린 스위치가 켜진 듯했다. 갑자기 심장이 쿵쾅대기 시작하더니 숨도 제대로 쉬기가 힘들었다. 그리고 온몸이 덜덜 떨렸다.

바로 이때가 내 인생에서 영원히 잊을 수 없는 순간이 됐다. 내 인생에서 처음으로 세상이 두려웠고 마음이 너무 아팠다. 이제 두 번 다시 AI 은 교수를 볼 수 없다니.

나중에 H7은 내가 울었다고 했지만, 나는 절대 울지 않았다.

2055

제7장

떠나거나, 머물거나

"아, 너무해. 산샤, 왜 갑자기 비극이 된 거야?"

신야가 소리치자, 산샤는 컴퓨터 화면을 끄고 어깨를 으쓱했다.

"세상이 마냥 즐겁지만은 않잖아."

어제 엄마는 산샤에게 창고로 쓰던 작은 방으로 짐을 옮기라고 했다. 돈이 더 필요해서 산샤가 쓰던 방을 세놓기로 했다는 것이었다.

산샤는 당연히 싫었지만, 철없는 응석받이는 아니었다. 집안 형편이 어렵다면 적극적으로 자기 몫을 해야 마땅하다고 생각했다. 그런데 월세 수입은 생활비가 아니라 자기를 지구에서 떠나보내기 위한 것이었다. 산샤는 도무지 엄마 아빠를 이해할 수 없었다.

하지만 아빠는 전과 달리 아주 진지하고 단호했다.

"이 세상에는 네가 상상조차 하기 힘든 황당한 일이 수도 없이 많아."

산샤는 입을 삐죽이며 짐을 챙겼다. 사실 짐이랄 것도 별로 없었지만. 엄마와 함께 작은 방을 청소하고, 침대를 옮기고, 작은 책상에 글쓰기를 위한 컴퓨터를 설치했다. 글쓰기는 몇 남지 않은 산샤의 즐거움 중 하나였다. 엄마 아빠가 뭐라고 하든 컴퓨터만은 절대로 팔 수 없었다.

산샤와 신야가 작은 방에서 전날 학교에서 있었던 일을 이야기하는데, 밖에서 초인종 소리가 들렸다. 산샤는 조금 이상했지만 방을 보러 온 사람이겠지 생각했다.

"방 보러 왔나 보네. 하아, 너무 빠른 거 아냐?"

그런데 산샤 엄마가 맞이한 사람은 전혀 생각지 못한 인물이었다.

"안녕하세요, 구 사장님 부인이신가요?"

"네, 그런데 무슨 일로……?"

"커뮤니티 게시판에 올리신 광고를 보고 왔어요. 수제 비누 만드는 법을 배우고 싶어서요."

산샤 엄마에게 수업을 들으려고 찾아온 수강생이었다. 최근, 아니 꽤 오래전에 수강생 발길이 끊긴 터라 조금 뜻밖이었다. 다들 경제 사정이 어렵기 때문이다. 먹고살기 힘든 사람도 많아졌으니, 수제 비누 강의 따위에 쓸 돈이 있을 리가 없었다.

산샤 엄마는 정말 오랜만에 수강생이 찾아오자 무척 기뻐했다. 작은 아파트에 다시 에센셜 오일 향이 퍼지기를 얼마나 기다렸던가. 산샤 엄마의 수제 비누는 꽤 유명했고, 엄마는 자기 기술을 누구에게 가르쳐 줄 수 있다는 것만으로도 행복해했다.

산샤는 조용히 침대에서 내려와 살짝 방문을 열고 문틈으로 거실을 내다봤다. 수강생이 누군지 궁금했다.

"어?"

상상도 못 한 얼굴이 보였다. 궁금해진 신야가 산샤에게 다가갔다.

"왜 그래?"

"린멍췬 엄마야."

별생각 없이 말을 내뱉은 산샤는 바로 아차 싶었다. 멍췬 엄마가 누구인지 알고 있다는 뜻이었으니까, 신야가 모르는 멍췬네 집 사정을 알고 있다고 털어놓은 꼴이었다.

아마도 신야는 멍췬 엄마를 본 적이 없을 것이다. 멍췬 엄마인지 어떻게 아느냐고 물어보면 뭐라고 대답해야 할까? 어쨌든 멍췬 모자를 뒤쫓아 숲에 갔던 일은 절대로 말할 수 없었다.

그런데 신야는 이상한 낌새를 전혀 알아차리지 못했다. 단순 명쾌한 신야는 눈을 번쩍 뜨며 이렇게 말했다.

"있잖아, 우리도 수제 비누 만드는 법을 배우면 어때? 멍췬네 엄마랑 같이 말이야."

"뭐?"

아이들의 갑작스러운 제안에 산샤 엄마는 놀랐지만, 일단 멍췬 엄마에게 의견을 물어봤다. 멍췬 엄마는 반대하기는커녕 아주 좋아하며 한술 더 떴다.

"그럼 우리 아들도 같이 배워도 될까요?"

두말할 것도 없이 신야가 환호성을 질렀다.

"그럼요, 대환영이에요!"

A 교수는 화성 우주 식민지 선발대 과학자로 뽑혔다는 소식을 듣자마자 고개를 저으며 바로 거절했다. 이 문제를 놓고 아내와 몇 차례 의논한 끝에 이미 결론을 내렸기 때문이다.

A 교수의 아내는 자기들이 조만간 우주선을 타고 지구를 떠나야 할 운명임을 예감했다. A 교수는 우주선 설계자이자 우주 이민 프로젝트 책임자이기 때문에 없어서는 안 될 중요한 인물이었다. 또한 A 교수의 아내는 유전학자였고, 인간이 지구 밖 환경에 적응할 수 있도록 인체를 개조하는 데 꼭 필요한 인재였다. 물론 팀에 다른 유전학자도 있었지만, A 교수의 아내이기 때문에 원한다면 얼마든지 우주선에 탑승할 수 있었다. A 교수더러 아내를 남겨 두고 혼자 떠나라고 하면 가지 않겠다고 할지도 모르고, 억지로 보내 봤자 아내를 걱정하느라 임무에 집중하지 못할 수도 있었다.

그러나 정작 떠나지 않겠다고 한 사람은 A 교수의 아내였다. A 교수가 인류의 생존을 위해 과학자로서 소명을 다하려고 떠나겠다면 말리지 않겠지만, 자기는 떠날 생각이 조금도 없다고 했다.

어쩌면 A 교수의 아내가 A 교수보다 훨씬 더 못 말리는 낭만주의자인지도 몰랐다. 오래전 A 교수가 영화 〈블레이드 러너〉를 보고 전공을 바꿨을 때, A 교수가 무심코 던진 말 한마디에 그와 평생을 함께하기로 결심했으니 말이다. 그런 낭만 유전자의 영향인지 A 교수의 아내는 지구를 떠

날 수가 없었다. 정들고 낯익은 지구의 꽃과 나무, 무엇보다 A 교수와 결혼을 약속했던 그 아름다운 숲을 버리고 떠날 수가 없었다. A 교수의 고향 북쪽에 있는 그 숲은 '달빛 들판'으로 아주 유명했다. 그녀는 새하얀 달빛이 쏟아지는 달빛 들판에서 덜덜 떨며 청혼하는 A 교수의 프러포즈를 받아들였다.

A 교수의 아내가 떠나지 않겠다고 결심한 가장 근본적인 이유는 '떠나는 것이 남는 것보다 나을까?'라는 의문 때문이었다. 왜 지구를 구하는 데 최선을 다하지 않고 그냥 떠나려 할까? 그녀는 과학자이지만 감정이 메마른 사람은 아니었다. 인류가 깨닫기만 한다면 지구의 문제를 충분히 해결할 수 있다고 믿었다. 언젠가 반드시 그런 날이 오리라고도 믿었다.

그렇다고 당장 눈앞에 닥친 역사적 책임과 소명을 외면할 수는 없었다. A 교수의 아내는 낭만주의자이지만, 남편과 자기가 절대 이기적인 행동을 할 수 없다는 사실도 잘알았다. 두 사람은 이 시대의 과학자로서 모든 과학 지식을 총동원해 화성 우주 식민지 선발대가 성공하게끔 제 역할을 다해야 한다고 생각했다. 그래서 오래전부터 따로 계획을 세웠다. 수많은 실험을 반복한 끝에, 드디어 성공이 눈앞에 다가왔다.

　이 순간이 바로 A 교수가 말한 과학 기술 분야의 '사고의 특이점'이었다. 이제 이전의 사고와 개념은 전혀 중요하지 않았다. 새로운 가능성, 새로운 생존 방식을 받아들일 때였다.

8

　H7과 나는 버섯 온실의 남쪽 창문 앞에 서 있었다. 이제
몰래 숨을 필요도 없고, 저 푸른 온실이 뭐 하는 곳인지 힘
들게 추측할 필요도 없었다.

　그곳은 바로 묘지였다. 문명 백과사전의 설명은 이랬다.

　"묘지는 죽은 사람의 시체나 화장한 유골을 매장하는
장소다."

　H9이 알아본 바에 따르면, 은 교수는 스스로 주사를 놓
아 세상을 떠났다고 한다.

　죽는다. 죽으면 사라진다. 사라지면 다시는 볼 수 없다.

　나의 온갖 질문을 마다하지 않고 친절하게 답해 주던

은 교수를 두 번 다시 볼 수 없다.

나는 몹시 궁금했다. 은 교수는 멀쩡하게 잘 살다가 왜 갑자기 죽을 생각을 했을까?

오늘 H7은 평소보다 더 활기가 없고 만사 귀찮은 표정이었다. 뭘 물어봐도 꼬투리 잡듯 되받아쳤다.

"은 교수가 멀쩡하게 잘 살았는지 어떻게 알아? 어떻게 증명할 건데?"

은 교수는 늘 실험실에 틀어박혀 바쁘게 일했다. 무슨 일인지는 몰라도, 해도 해도 끝이 없는 것처럼 보였다. 아무튼 목적을 향해 최선을 다하던 사람이 왜 갑자기 다 포기하고 떠나 버렸을까?

나는 은 교수와 얘기하고 싶은 게 아직도 너무 많았다. 예를 들면 이런 얘기들.

"푸른발부비새를 실제로 본 적 있어요?"

은 교수가 너무나 그립고 보고 싶었다. 심지어 은 교수 책상 옆에 붙어 있던 '아담의 창조'까지도. 그림 속 신에게 무릎 꿇고, 은 교수를 다시 창조해 달라고 부탁하고 싶은 심정이었다.

은 교수가 죽은 그날, 엄마는 내게 먼저 집으로 돌아가 알아서 밥을 차려 먹으라고 했다. 엄마는 계속 은 교수의 컴퓨터 앞에 앉아 있었고, 나머지 A급 원로들도 다른 컴퓨터 앞에서 열심히 뭔가를 찾았다.

이튿날 아침, 나는 식사를 준비하는 엄마에게 물었다.

"은 교수를 재건할 수는 없어요?"

엄마는 모든 상처를 치료하고 장기도 만들어 이식할 수 있으니, 당연히 은 교수도 재건할 수 있으리라고 생각했다. 은 교수가 떠나서 안타까운 듯, 엄마가 가라앉은 목소리로 말했다.

"그렇게 간단한 문제가 아니야."

엄마는 갑자기 무슨 생각이 들었는지 내 어깨에 손을 올리고 다그치듯 말했다.

"엄마한테 약속해. 무슨 일이 있어도 절대 죽어 버리면 안 돼. 알았어?"

응? 무슨 소리야? 얼마 전에는 나한테 제물이 되어야 한다고 했으면서.

나중에 그 일에 대해 해명하기는 했다. 제사는 그저 테스트였다고. 정말 생명을 희생해야 하는 일이 아니었다고. 그렇지만 난 여전히 뭔가 미심쩍었다.

은 교수가 사라진 뒤, 수업에 다른 선생님들이 대신 들어왔다. 나는 방과 후에 H7과 숲에 들어가 푸른발부비새를 찾아다니며 억지로 즐거운 척했다. 뭐라도 하지 않으면 자꾸 머릿속이 복잡해져서 터져 버릴 것만 같았다.

어느 날, H7이 갑자기 푸른 온실에 가 보자고 제안했다. 나는 당연히 찬성했다.

요 며칠 나라 전체가 큰 충격을 받은 것 같았다. 계속 바빠 보이는 어른들은 초조하고 불안한 기색이었다. 우리 엄마는 특히 더 그랬다. 은 교수 실험실에서 A3, A9 교수와 목소리를 높이다가 갑자기 책상을 쾅 내려치기도 했다. 고상하고 점잖은 평소 모습은 온데간데없었다.

어른들의 관심이 다른 데 쏠린 틈에 푸른 온실을 제대로 탐험해 봐야겠다고 생각했다. 만약 들키더라도 은 교수가 너무 그리워서 왔다고 하면 될 것이다. 그런데 갑자기 의문이 들었다.

"은 교수 시신은 나무 관에 넣어서 땅속에 묻었을까, 아니면 화장했을까?"

"죽어 본 적도 없는데 내가 어떻게 알아?"

H7은 늘 그랬듯 무심하게 대꾸했다.

우리는 오후 휴식 시간에 일단 푸른 온실 주변에 다른 사람이 없는지 확인하고 곧장 입구로 달려갔다.

"문을 어떻게 열지?"

우리는 멍하니 서로 얼굴만 쳐다봤다. 이렇게 중요한 문제를 왜 잊고 있었지?

나는 곰곰이 생각했다. 만약 국가에서 푸른 온실을 비밀로 하려고 했다면 그 존재 자체를 숨겼을 것이다. 하지만 며칠 전 두 남자가 금색 천으로 감싼 은 교수의 시신을 들고 푸른 온실로 들어가는 모습을 모든 사람이 지켜봤다. 다시 말해, 원로들은 이 온실을 숨길 생각이 없는 것이다. 전에는 푸른 온실 얘기를 하는 사람이 아무도 없었다. 푸른 온실 안이 어떻게 생겼는지는 아무도 몰랐다. 지금껏 죽은 사람이 아무도 없었으니까.

혹시나 하는 마음에 온실 문을 발로 밀어 봤다. 그러자 스르르 문이 열렸다.

온실에 들어서자마자 서늘한 공기가 온몸을 휘감았다.

보이는 것이라고는 직육면체 모양의 관뿐이었다. 한두 개가 아니었다.

"미안해요. 방해해서."

H7이 관을 바라보며 나지막이 중얼거리더니 나를 휙 돌아봤다.

"미안, 난 못 들어가겠어."

그리고는 온실 밖으로 뛰어나갔다. 문 앞까지 쫓아갔지

만 H7은 뒤도 돌아보지 않고 멀리 사라져 버렸다.

아, 큰일이네. 이제 어떻게 하지?

나는 오른쪽으로 발걸음을 옮기다가 관 뚜껑에 써 놓은 일련번호를 발견했다. 일련번호를 살피며 걷다 보니 'A1' 이 보였다. 은 교수의 고유 번호였다.

진갈색 관 앞에 서서 'A1'이라는 글자를 뚫어져라 바라보았다.

열까? 말까? 열면, 안에 뭐가 있을까?

갑자기 너무 두렵고 불안했다. 내 질문에 조곤조곤 대답해 줄 은 교수가 없기 때문일 것이다.

그때 온실 안쪽 깊은 곳에서 불빛이 희미하게 반짝였다.

뭐지?

고개를 들어 다시 봐도 불빛이 틀림없었다.

나는 용기를 내서 불빛 쪽으로 다가갔다. 일렬로 늘어선 나무 관을 하나하나 지나치고 나니, 마지막에 유리관 여러 개가 등장했다. 투명한 유리관 내부가 들여다보였다.

세상에! 어떻게 이럴 수가!

유리관에 누워 있는 것은 전부 나였다.

관 뚜껑의 일련번호는 M1, M2였다. M3는 비어 있었다. 그 뒤로 M4, M5……

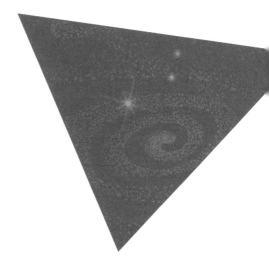

2055

제8장

또 다른 보금자리

산샤는 여기까지 쓰고 기분 좋게 컴퓨터를 껐다.

10분 뒤면 멍췬이 엄마와 함께 집에 와서 수제 비누 만들기 수업을 들을 것이다. 신야도 함께 듣기로 했는데, 갑자기 일이 생겨 못 온다고 했다. 신야 아빠가 오랜만에 큰 일거리를 맡아 재료를 사러 가야 해서 신야에게 도움을 요청했다고 한다. 신야는 화가 났지만 그런 티를 내지는 않았다.

산샤는 신야에게 조금 미안하긴 했지만 멍췬과 함께할 시간을 독점할 수 있어서 정말 기뻤다. 스스로가 이기적이라고 생각하면서도 기쁨을 억누를 수가 없었다.

그러나 산샤 엄마는 전혀 기쁜 얼굴이 아니었다. 산샤 아빠가 집에 와서 전하는 말이나 라디오에서 들리는 소식은 전부 비관적이었다. 수질 오염과 식량 부족 사태가 점점 심각해진다는 소식을 들을 때마다 매우 우울했다. 어느 지역에서는 한 테러 단체가 식량을 뺏으려고 인구가 밀집한 도시 한가운데에 폭탄을 터뜨리고는 "식량도 부족한데 입을 많이 줄여야지."라고 떠들어 댔다고 한다.

산샤는 이토록 암울한 세상에 멍췬이 있어서 정말 다행이라고 생각했다. 멍췬은 산샤에게 한 줄기 빛과 같은 존재였다.

산샤가 뭘 할 수 있을까? 세상은 온통 답 없는 일뿐인데. 그러다가도 멍췬을 바라보기만 하면 세상이 마냥 나쁘지만은 않다는 생각이 들었다. 그건 그렇고, 산샤는 오늘 무슨 일이 있어도 꼭 물어봐야겠다고 생각했다. 필통 뚜껑에 새긴 '마지막 한 사람'이 도대체 무슨 뜻인지.

그런데 또 한 번 예상치 못한 일이 벌어졌다. 멍췬 엄마의 목적은 수제 비누 만들기가 아니었던 것이다.

초인종 소리가 나고 엄마가 문을 열 때 산샤도 손님을 맞으러 나갔다. 그런데 멍췬 엄마는 문밖에 선 채 심각한 표정으로 한마디를 툭 던졌다.

"같이 갈 데가 있어요."

그러더니 산샤와 산샤 엄마에게 비누 재료를 챙겨서 따라오라고 재촉했다. 산샤 엄마는 경계하며 뒤로 물러섰다.

"밑도 끝도 없이 따라오라는데, 무작정 따라갈 사람이 어디 있어요?"

"지금 가려는 곳은 우리가 살아남을 수 있는 곳이에요. 정확히 말하면, 조금이라도 더 살 수 있는 곳이죠."

산샤도 이상하다고 생각하며 멍췬을 슬쩍 쳐다봤다. 그러자 멍췬이 갑자기 미소를 지었다. 산샤는 모든 의심을 거두고 엄마 옷자락을 잡아당기며 재촉했다.

"엄마, 도구는 내가 챙길게요."

A 교수 부부의 계획은 바로 인조인간이었다.

계획 자체는 아주 간단했다. 죽지 않고 영원히 살 수 있다면 아마 기뻐할 사람이 아주 많을 것이다. 인체는 기본적으로 너무 약해서 장거리 우주여행을 견디기 힘들었다. 하지만 인조인간이라면 블랙홀도 문제없었다.

이 계획에서는 두 가지가 중요했다.

첫째, 인조인간의 육체를 실제 인간처럼 만드는 것. 이것은 크게 어렵지 않았다. 2013년에 인조인간은 이미 70퍼센트가 넘게 인간과 비슷했다. 인공 심장은 전자 펌프로 작동했고, 진짜 혈액처럼 산소를 함유한 인조 혈액이 온몸을 순환했다. 현재 인조인간은 인간과 95퍼센트 이상 비슷했다.

둘째, 인간의 의식을 인조인간의 육체에 이식하는 것.

이 두 가지가 인조인간과 복제 인간의 가장 큰 차이였다. 복제 인간과 인간에게는 생명, 즉 육체의 한계가 존재한다. 그러나 인조인간은 고도의 기술이 접목된 정밀 기계 로봇이기 때문에 죽지 않는다.

만약 인조인간의 죽지 않는 몸에 인간의 뇌를 이식할 수 있다면, 진짜 인간의 생각과 마음으로 그야말로 완벽한 불사영생을 실현할 수 있을 것이다.

이 이야기는 SF 소설과 영화를 통해 벌써 많이 봐 온 터라 그리 낯설지 않았다. 컴퓨터의 아버지라 불리는 앨런 튜링[6]을 시작으로 수많은 과학자들이 완벽한 불사영생을 연구해 왔다.

뇌신경 과학자의 설명에 따르면 인간의 본성과 감정, 의식은 모두 수백억 개에 이르는 신경 세포 사이를 부지런히 오가는 신경 전달 물질의 운동 결과이다. 그렇다면 신경 전달 물질까지 복제하면 되지 않을까? 인조인간의 신경 세포가 잘 연결되면 인간처럼 반응하지 않을까? 불가능할 이유가 없지 않은가?

인조인간이 과연 인간과 같은 사고 능력을 갖출 수 있을까? 이 점을 알아보기 위해 만들어진 것이 바로 그 유명한 튜링 테스트였다.

하지만 그것이 애초에 기계의 사고인지, 인간의 사고인지를 판단할 만한 기준이 모호했다. 예를 들어 알파고[7]가 세계적인 바둑 기사를 꺾었으니 알파고를 세계 정상급 바둑 기사라고 불러야 할까? 아니면 그저 뛰어난 컴퓨터 프로그램의 탄생으로 봐야 할까?

이 문제는 아직 명쾌한 결론이 나지 않았다. 그러나 '컴퓨터가 사람처럼 스스로 사고하게 만드는 연구'는 한순간도 멈추지 않았다. 인공 지능 개발은 여러 과학 기술 가운데 유독 인기 있는 분야였다.

바로 지금, 이 기술이 매우 유용하게 쓰였다.

사실 A 교수는 아내가 처음 인조인간 연구 팀에 합류할 때 크게 반대했었다.

"난 절대 영원히 살고 싶지 않아."

그리고 아내를 설득하기 위해 열심히 반론을 준비했다.

"죽지 않는 몸에 인간의 뇌가 만든 의식을 삽입하면 확실히 완벽한 조합이긴 하네. 하지만 그 인조인간이 정말 완벽할까?"

세상의 모든 일은 우리가 의식하지 못하는 모종의 인과 관계가 만들어 낸 결과다. A 교수는 그 옛날 영화 〈블레이드 러너〉를 보면서 기계 인간을 부정적으로 생각하게 됐다. 인간은 최고의 지능을 발휘해 '진짜 인간'보다 반응이 훨씬 빠르고 열악한 환경에도 잘 적응할 수 있는 '가짜 인간'을 만들었다. 도대체 왜? A 교수는 도무지 이해할 수 없었다. 그래서 유전학 연구를 그만둔 것이다.

그렇지만 A 교수 아내의 반응은 전혀 달랐다. 그녀는 A 교수의 의견을 듣고 정밀 로봇 연구 팀과 적극적으로 협업해 '진짜 사람보다 더 진짜 같은 가짜 사람', 즉 인조인간을 만드는 데 몰두했다.

협업 팀은 작은 동물로 실험을 시작했다. 일단 세포 복제 기술로 완벽하게 똑같은 동물 외형을 완성했다. 피부 촉감은 물론 모공 하나하나까지 정말 진짜 같았다. 성공률 100퍼센트였다.

하지만 인조인간 프로젝트의 최고 난제는 역시 '의식' 부분이었다. 스스로 사고하는 대뇌의 역할을 어떻게 대체할지가 문제였다.

가장 먼저 논의된 방법은 컴퓨터 CPU를 장착하는 것이었다. 그러나 A 교수 아내는 기존의 로봇 공학에서 사용했던 방법을 답습하고 싶지 않았다. SF 소설이나 영화에 등장하는 주인공처럼 불사영생의 몸에 인간의 뇌를 이식한 완벽한 인조인간을 만들고 싶었다.

인간의 뇌를 완벽하게 복제할 수 있을까? SF 소설의 대가 아지모프는 이 문제에 몹시 회의적이었다. 인간의 뇌 구조는 매우 복잡하다. 수백 개에 달하는 신경 세포가 수백에서 수만 가지 방식으로 연결되기 때문이다. 당시 과학 기술로는 이렇게 복잡한 시스템의 작동 원리를 명확히 파악할 수 없었기 때문에, 이것을 통제하거나 복제하기란 거의 불가능했다.

이 때문에 튜링 테스트를 둘러싼 논란이 끊이지 않았지만, 어쨌든 인공 지능 연구는 꾸준히 이어졌다.

그런데 수십 년 뒤에 획기적인 기술이 등장했다.

2005년에 출간된 과학 베스트셀러 책에 "언젠가 기술이 더 발전하면 한 사람의 지능, 성격, 그동안 습득한 모든 기술을 비생물학적인 개체에 이식하게 될 것이다."라는 내용이 있었다. 그 밖에 나노 로봇 수십억 개를 우리 몸속에 투입해 병원균을 죽이고, 잘못된 DNA를 수정하고, 각종 유독 성분을 제거하는 등 획기적인 질병 치료 내용이 수많은 독자를 열광시켰다. 같은 해 스위스에서 고성능 슈퍼컴퓨터에 포유류의 대뇌를 복제하는 블루 브레인 프로젝트[8]가 시작됐다. 대뇌 복제가 공상이 아닌 현실이 된 것이다.

그 뒤 나노 로봇보다 100만 배 작은 '페르미'가 등장했다. 유기 물질로 제작한 초소형 로봇 페르미는 생장, 운동, 이동, 상호 화학 반응 같은 생물의 특징을 지니고 있었다. 페르미 100억 개에 대뇌 상세 구조 도면만 있으면 인간의 뇌를 똑같이 복제할 수 있다. 신경 세포 연결과 시냅스 조절도 동일하게 이루어진다.

유기 물질 페르미 로봇이 만들어 낸 화학 반응과 진짜 인간의 반응을 어떻게 구별할까? 그 기준이 무엇일까? 현재로서는 "두 반응을 구별하는 것은 전혀 중요하지 않다. 두 반응이 똑같다면 그것으로 충분하다."라는 의견이 대세였다.

이제 모든 준비가 끝났다. 아주 먼 우주여행도 전혀 문제 될 것이 없다. A 교수는 문득 이런 생각이 들었다. 그렇다면 온전한 모습으로, 내 몸 그대로 우주선을 탈 필요가 있을까? 그냥 대뇌만 보내 버리면 되잖아?

이 일은 20년 전까지만 해도 한낱 공상에 불과했다. 그러나 A 교수와 그의 아내를 비롯해 여러 유전 공학자, 컴퓨터 공학자, 생명 과학자들의 지혜가 모여 한 단계씩 발전했고, 드디어 공상은 현실이 됐다.

인조인간 협업 팀은 페르미 로봇으로 미리 준비한 고양이 대뇌 구조 이미지를 똑같이 복제했다. 그리고 신경 세포, 시냅스, 혈관 하나하나까지 치밀하게 연결한 뒤 인조 고양이 머리에 이식했다. 실험 결과는 매우 놀라웠다. 인조 고양이는 눈을 뜨자마자 야옹 하고 울더니, 냄새를 맡고 생선 통조림까지 찾아냈다. 협업 팀 전체가 환호성을 지르며 기뻐했다.

곧이어 인조 개, 인조 원숭이까지 모두 성공적이었다. 이제 마지막 순서, 인조인간을 만들 차례였다.

협업 팀은 열두 살짜리 남자아이를 만들기로 했다. 유기물질로 몸을 만들었고, 대뇌 구조는 A 교수 아내의 조카를 모델로 했다. 이 아이를 선택한 이유는 IQ가 200이 넘는 천재였기 때문이다. A 교수 아내는 새로운 실험을 하나 더 시도했다. 복제한 대뇌에 'A 교수 부부의 아들'이라는 조작된 기억을 심었다.

열두 살짜리 인조인간은 눈을 뜨자마자 A 교수 아내에게 "엄마!"라고 했다. 그 순간 협업 팀 전체가 또 한 번 들썩였다. 연구원들은 흥분을 감추지 못하며 서로 얼싸안고 기쁨을 나눴다. 오래전부터 아이를 원했던 A 교수 아내는 누구보다 기뻤다.

A 교수는 그제야 깨달았다. 아내가 얼마나 아이를 열망했는지를, 또한 그 열망이 있었기에 모든 에너지를 쏟아부어야 하는 힘든 프로젝트를 완수할 수 있었다는 것을. 아내의 눈빛은 확실히 아들을 바라보는 어머니의 눈빛이었다. 그녀의 기쁨은 프로젝트 성공에 기뻐하는 여느 사람들과 확실히 달랐다. A 교수 아내는 아이를 끌어안고 환하게 웃었다.

A 교수는 아내가 인조인간 프로젝트에 그토록 열정적이었던 이유가 애초에 아이를 원했기 때문이 아닐까 의심스러웠다. 두 사람은 결혼한 뒤로 늘 아이를 원했지만 갖지 못했다. A 교수 아내에게 인조인간 프로젝트는 우주 이민, 불사영생, 과학자로서의 명예나 소명과는 전혀 상관없었다. 단지 자신의 아이를 사랑하며 살아가는 평범한 삶을 원했던 것이다.

A 교수가 사랑하는 아내는 바로 그런 사람이었다. 그녀는 많은 것을 바라는 사람이 아니었다. 하지만 그녀가 바라는 것을 A 교수는 이루어 줄 수 없었다.

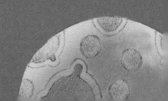

A 교수는 비통한 심정으로 아내를 바라보았다. 아내는 아주 밝게 웃고 있었다.

그 시간 이후, 세상을 바라보는 두 사람의 시각이 달라졌다. A 교수 아내는 이제 더는 바랄 것이 없으니 지구를 떠날 이유가 전혀 없었다. A 교수는 그동안의 성과물, 즉 A 교수 아내와 연구 팀이 A 교수를 모델로 만든 인조인간을 데리고 우주 식민지 선발대 책임자를 만나러 갔다.

A 교수는 인조인간과 첫 대화를 시작했다. 이때 A 교수가 안경을 쓰지 않았다면 어느 쪽이 진짜 인간이고 어느 쪽이 인조인간인지 구별하기 힘들었을 것이다. 단지 외형뿐이 아니었다. 대화 내용은 더욱 놀라웠다. 인조인간이 "지금부터 뭐든 불가능은 없다고 믿으세요."라고 말했던 것이다.

완벽하게 똑같이 생긴 두 사람이 함께 살아가는 세상은 A 교수가 기대했던 미래와 크게 달랐다. 어쨌든 인조인간 기술이 등장했으니 어떤 이는 지구를 떠날 때 이 방법을 선택하겠지. 최소한 A 교수 부부는 주저 없이 이 방법을 택할 것이었다.

A 교수 부부는 지구에 남아 지구와 운명을 같이하기로 했다. 과학자로서 소명은 두 명의 인조인간이 대신할 수

있다고 믿었다. 두 사람의 과학 지식을 그대로 옮겨 만든 인조인간이 화성 우주 식민지 건설에 힘을 보태리라 생각했다.

A 교수 부부는 사실 꿈같은 결과를 기대했다. 어쩌면 인조인간이 열악한 화성 환경을 개조해 지구 환경을 완벽하게 재현할지도 모른다고. 그때가 되면 다 함께 화성으로 날아가 새로운 보금자리이자 새로운 세상을 맞이할 수 있지 않을까?

그런데 A 교수가 인조인간을 대신 보내겠다고 하자 선발대는 강력히 반대했다.

"그래요, 당신들이 만든 인조인간은 아주 훌륭해요. 선발대에 뛰어난 로봇 과학자가 동행하면 확실히 큰 도움이 되겠지요. 하지만 만에 하나 돌발 상황이 발생할 수도 있지 않습니까? 인조인간이 진짜 인간처럼 유연하게 사고하면서 스스로 답을 내릴 수 있을까요?"

화성 우주 식민지 선발대의 대장인 유전학자 엘렌은 예전에 A 교수 아내와 함께 일한 적이 있었다. 엘렌은 미리 준비한 듯 공격적으로 반대 이유를 쏟아 냈다.

엘렌은 몇 년 전 유전자 개조와 재건 속도를 높이는 기술로 노벨상을 받았다. 손상된 피부를 몇 초 만에 회복시

키는 놀라운 기술이었다. 엘렌의 다음 목표는 불사영생의 아이콘인 작은보호탑해파리[9] DNA와 헬라 세포[10]를 결합해 인류의 오랜 꿈인 '불로장생'을 실현하는 것이었다.

그러나 엘렌은 '인조 대뇌'만큼은 신뢰하지 않았다. 아무리 뛰어난 기술이나 제품이라도 반드시 결함이 존재한다고 생각하기 때문이었다. 인조인간이 진짜 사람처럼 유연한 사고를 한다면 어떻게 될 것인가? 이 문제는 사실 철학적이었다. 고대 중국에서는 철학자들이 이런 대화를 나누었다.

장자   물고기가 헤엄을 치는구나. 이것이 바로 물고기의
        즐거움이지.

혜자   그대는 물고기가 아닌데, 물고기의 즐거움을 어찌
        아는가?

장자   그대는 내가 아닌데, 내가 그것을 아는지 모르는지
        어찌 아는가?

의식을 삽입하고 나면 인조인간은 독립적인 개체가 된다. 그 뒤에는 인조인간이 어떻게 생각하는지, 무슨 생각을 하는지 알 수 없다. 독립 개체가 된 뒤에도 복제 모델이었던 사람과 똑같이 생각할까? 어쨌든 개체의 세포 조직

이 다르니, 이것이 의식에 영향을 끼쳐 결국 다르게 사고하지 않을까?

우리는 인조인간이 아니기 때문에 인조인간이 어떻게 생각하는지 알 수 없다. 인조인간이 사실대로 말해 주지 않는 한, 알 방법이 없다.

A 교수의 인조인간이 선발대에 포함된다고 했을 때는 모두 반신반의했다. A 교수의 인조인간이 진짜 A 교수만큼 임무를 잘 수행할 수 있을지 의심하며 일주일 동안 테스트를 진행했다. 그런데 테스트 결과는 아주 만족스러웠다.

"좋아요. 내 인조인간도 얼른 준비해 줘요."

엘렌이 이렇게 말할 정도이니 꽤 성공적이었던 셈이다. 엘렌은 우주 이민 프로젝트를 수행하느라 많이 지쳐 있기도 했다.

A 교수는 이때까지도 직접 우주선을 탈 생각이 없었다. 그러자 세계 주요 국가 지도자들의 동의를 얻어 우주 이민 프로젝트를 주관하게 된 UN 의장이 "이건 제안이 아니라 명령입니다."라고 압력을 넣었다.

선발대는 우주선 다섯 대 규모이고 여기에 몇몇 국가의 지도자와 그 가족, 벌써 탑승 티켓을 확보한 세계 최고의 부자와 그 가족, 각 분야의 정상급 과학자들이 탑승할 계

획이었다. 선발대 출발 준비 과정에서 엘렌은 과학자들을 모델로 한 인조인간을 비밀리에 따로 만들라고 지시했다. 혹시 일이 복잡해질 것을 우려해 인조인간 대상을 과학자로만 제한한 것이다.

이렇게 해서 또 다른 '나'와 함께 우주여행을 떠나는 기묘한 상황이 연출됐다. 인조인간의 존재를 아는 과학자들이 불안해하지 않게끔, 인조인간은 따로 준비한 우주선에 전원을 끈 상태로 실었다. 그리고 이 여섯 번째 우주선을 A 교수에게 맡겼다.

인조인간을 가득 실은 우주선을 생각하니 A 교수는 소름이 끼쳤다. A 교수의 아내는 끝까지 떠나지 않겠다고 고집했다.

"내 인조인간이 당신 곁에 있잖아요."

아내는 이 말만 남기고 돌아섰다. A 교수는 아내의 뒷모습을 바라보며 마음속으로 작별 인사를 건넸다.

'다 잘될 거야. 화성에 새로운 세상을 만들고 나서 다시 데리러 올게.'

물론 최악의 상황이 펼쳐질 수도 있다.

그렇다면 오늘이 마지막이겠지.

영원히 안녕.

22509

9

　눈을 감은 채 두 손을 가슴 위에 포개고 유리관 속에 누워 있는 것은 전부 '나'였다. 표정이 하도 편안해 보여서 그냥 잠들어 있는 것만 같았다.

　갑자기 몸이 부르르 떨렸다.

　이 수많은 '나'는 도대체 뭐지?

　잠시 얼어붙었던 나는 힘겹게 발걸음을 돌려 밖으로 뛰어나갔다.

　온실을 나오자마자 일단 은 교수의 실험실로 달려갔다. 그래야만 할 것 같았다. 엄마와 A급 원로들이 아직 그곳에 있을 것이다.

그런데 뭔가 이상했다. 힐끔 올려다본 공중 궤도 한가운데에 우주 열차가 멈춰 있었다. 우주 열차 창문을 유심히 지켜봤지만 인기척이 전혀 없었다. 주거 지구 골목을 뛰어갈 때도 이상하리만치 조용했다. 갑자기 심장 박동이 빨라졌다. 인조 표범을 기르는 A8 선생님 집 앞을 지나갈 때 빼고 골목에서 내 발소리만 들리는 일은 처음이었다. 다행히 무서운 인조 동물이 나타나지는 않았다.

헉헉거리며 학교 정문 앞에 도착하니 운동장을 뒤덮은 수많은 사람들이 보였다.

온몸으로 운동장 바닥을 뒤덮은 사람들.

맨 먼저 눈에 들어온 아는 얼굴은 H9이었다. 그리고 일상적인 대화를 한두 번 나눴던 같은 반 여학생들, 학교 경비원 B3, 조리사 C6과 C7 등이 여기저기 쓰러져 있었다.

조심스럽게 문을 밀고 들어가 사람들 옆을 지나갔다. 한 구, 한 구, 마치 시체 옆을 지나가는 기분이었다. 설마, 정말 다 죽은 걸까? 머릿속에서 호루라기 수십 개가 동시에 울리는 것처럼 정신이 하나도 없었다. 생각이 멈춰 버린 것만 같았다. 부들부들 떨며 기계적으로 발걸음을 옮길 뿐이었다. 앞으로 앞으로 가다 보니 어느새 실험실 앞에 도착했다.

엄마 A2는 은 교수 컴퓨터 앞에 쓰러져 있었고, A3와 A7은 바닥에 널브러져 있었다. 나는 엄마에게 달려가 잠든 사람을 깨우듯 힘껏 흔들었다. 도대체 어떻게 된 걸까? 이것도 테스트일까?

그러나 소용없었다. 나는 천천히 주위를 둘러봤다. 온통 널브러진 사람 천지인데, 아무 소리도 들리지 않았다. 고개를 돌리다 문득 교실 문 앞에 쓰러진 H7을 발견했다. 그쪽으로 가려는데, 뒤에서 갑자기 낯선 목소리가 들렸다.

"많이 놀랐지?"

깜짝 놀라 고개를 획 돌렸다. 은 교수 컴퓨터 왼편에서 나는 소리였다.

"마음의 준비가 되면 네 앞에 나타날게."

온몸이 부들부들 떨렸지만, 나는 숨을 크게 들이마시며 마음을 가라앉혔다. 그러고는 가장 중요한 문제부터 물어봤다.

"도대체 무슨 일이 있었던 거야? 다들…… 죽은 거야?"

"그렇다고 볼 수 있지."

이 말과 함께 컴퓨터 화면이 번쩍 켜졌다. 화면에 나타난 얼굴은 은 교수였다. 그런데 며칠 전에 봤던 모습과는 조금 달랐다. 내가 알던 은 교수보다 젊어 보이고 머리도

까맸다.

"난 Z42야."

나는 화면에 나타난 Z42의 얼굴을 뚫어져라 바라보며 혼자 중얼거리듯 물었다.

"너, 사람이야? 아니면 무슨 프로그램 같은 거야?"

"하하, 난 은 교수야. 정확히 말하면, 은 교수가 우주 식민지에 도착하자마자 이 컴퓨터에 옮겨 놓은 은 교수의 의식이지."

"의식?"

"다르게 설명하면, 복제된 은 교수 대뇌의 백업인 셈이야. 내가 예전부터 아주 꼼꼼하고 치밀했거든. 그래서 내 존재를 아는 사람은 아무도 없어."

Z42의 설명은 뭔가 뒤죽박죽인 듯했지만 대략적인 뜻은 이해할 수 있었다. 그러니까 그는 은 교수의 오래전 의식이고, 그의 존재는 철저한 비밀이었기 때문에 아무도 모른다는 뜻이었다. 그래도 여전히 알쏭달쏭했다.

"그러니까, 아주 오래전의 은 교수님이란 말이지?"

"훨씬 오래전이지."

"그럼 고유 번호는 어떻게 붙인 거야? 우리 나라에 Z로 시작하는 사람은 너밖에 없어."

이 질문을 하는 순간, 갑자기 깊은 슬픔이 밀려왔다. 생각해 보니 고유 번호 영문 이니셜은 H까지밖에 없었다.

우리 나라가 이렇게 작았나?

"처음엔 A1이 나를 A42라고 불렀어. 우리가 같은 레벨이라는 걸 보여 주고 싶었던 거지. 42는 당시 A1의 나이야."

화면이 한 번 깜빡이더니, Z42의 얼굴 옆으로 『은하수를 여행하는 히치하이커를 위한 안내서』라는 책의 표지가 떴다.

"시간 있으면, 물론 그럴 생각도 있어야겠지만, 이 책 한 번 읽어 봐. A1도 이 책을 아주 좋아했거든. 그 책에 세상에서 가장 중요한 숫자가 42라고 나와. 정확히 말하면 우주의 절대적인 지혜라고 하지. 그러니까 내 고유 번호에는 꽤 그럴듯한 이유가 두 가지나 있어."

갈수록 태산이라더니, 무슨 소리인지 하나도 알아들을 수가 없었다. 아무튼 난 지금 소설책 따위를 읽을 생각은 전혀 없었다. 나중에라면 또 모르지만. 은 교수가 좋아했던 책이라면 은 교수에 관해 더 알 수 있을지도 모른다. 이 순간 슬픔이 또 한 번 파도처럼 밀려왔다. 은 교수가 그리웠다. 사무치게 보고 싶었다.

하지만 지금은 급한 문제를 해결해야 했다.

"Z42, 왜 사람들이 다 쓰러졌어? 은 교수는 왜 갑자기 죽었어? 사람들 말로는 스스로 목숨을 끊었다던데?"

Z42는 대답이 없었다. 답하기 어려운 질문이었는지 아주 오랫동안 침묵했다. 그러더니 한참 뒤에야 겨우 입을 뗐다. 마치 저녁 메뉴를 말해 주는 사람처럼 무덤덤한 말투였다.

"최대한 간단하게 설명해 줄게. 일단 저들은 죽었다고 말할 수가 없어. 정확히 말하면 단체로 강제 종료가 됐다고 해야겠지."

내 눈이 튀어나올 것처럼 휘둥그레지자 걱정스러웠는지 Z42의 표정이 달라졌다. 웃으려고 입꼬리를 올린 것 같은데, 전혀 웃는 것처럼 보이지 않았다. 웃지 못할 상황에서 그러니까 오히려 기괴해 보였다.

Z42는 웃음을 포기하고 설명을 이어 갔다.

"사실 고유 번호가 붙은 사람들은 전부, 아, 너만 빼고는 진짜 인간이 아니야. 전부 다 인조인간이야."

나는 너무 놀라 숨이 턱 막혔다.

"인조 고양이처럼? 인조인간이라고? 그럼 로봇이야?"

"그래. 간단히 예를 들어 줄게. 인조인간은 촉각이 약해.

그래서 뺨을 어루만지면, 부드러운 광선으로 매끈하게 펴놓았다는 느낌밖에 안 들어."

촉각만이 아니었다. Z42의 설명이 계속 이어졌다. 꽃향기를 맡아도 무덤덤하고, 새소리를 들어도 아름답고 평화로운 음악처럼 느끼지 못했다.

Z42가 쓴웃음을 지었다.

"사실 나도 이 느낌들을 '기억'할 뿐이야. 난 느끼는 능력이 없으니까. 느끼기는커녕 손도 없잖아. 그래서 A1은 행복하지 않았어. 영화만 봐도 동정심이 발동하는 낭만주의자였으니까 견디기 힘들었을 거야. 아무것도 느낄 수 없고 아무런 감동도 없었으니까. 그래서 독극물을 주사하기로 한 거야. 온몸의 유기 조직을 순식간에 부패시키는 독이었어. 독극물을 주사하면서 동시에 대뇌 프로그램까지 종료시켰어."

이 말이 무슨 뜻인지 온전히 이해하기도 전에 다음 이야기가 이어졌다.

"A1은 다른 인조인간의 운명도 자기가 결정했어. 불행한 삶을 다 같이 끝내기로. 그래서 단체로 종료시켰지. A1이 미리 설정한 시간이 바로 오늘이었어. 그동안 네 엄마는 A1이 무슨 일을 꾸몄는지 알아내려고 계속 암호를 찾고 있었지. 하지만 네 엄마도 A1이 국가를 멸망시킬 줄은 꿈에도 몰랐을 거야."

도저히 믿기지가 않았다. 내가 가장 존경하는, 세상에서 가장 자애로운 은 교수가 모든 사람을 죽인 끔찍한 살인자라니, 잔혹한 폭군이라니……

이때 문득 뭐가 떠올랐다.

"그런데 넌 알고 있지 않아? 네가 젊은 날의 은 교수라면, 오랫동안 은 교수와 대화를 해 왔다면, 인조인간을 재가동하는 방법을 알 거 아니야? 은 교수도 포함해서!"

이 추론이 충분히 논리적이라고 생각하는 순간, 갑자기 희망이 생겼다. 모두가 진짜 사람이 아니더라도 난 그들이 그리웠다. 인조인간이라도 H7과 H9은 나에게 가장 소중한 친구였다.

그런데 Z42가 눈살을 찌푸리며 말했다.

"당연히 모르지. A1이 그렇게 바보라고 생각해? 자기계획을 내가 눈치채게 놔뒀을 것 같아? A1은 자기 육체를 파괴하고 의식을 종료하기 전에 이미 다른 인조인간이 강제로 종료될 시간을 설정해 놨어. 절대 풀 수 없는 암호를 걸어서."

생각할수록 화가 나는지 Z42의 얼굴이 점점 빨개졌다.

"은 교수는 나도 오늘 영원히 종료되게 설정했어."

"뭐? 그런데 왜 아직 살아 있어?"

'살아 있다'는 표현에서 Z42의 표정이 기묘하게 일그러졌다. 하지만 바로 자신감을 되찾았다.

"내가 누구야? 그 옛날부터 똑똑하기로 유명한 은 교수잖아. A1이 날 복제했지만, 복제가 끝나는 순간부터 나는 은 교수가 아니라 독립적인 뇌 구조로 완벽하게 분리된 거야. 내 시냅스가 세포 반응과 다른 자극에 따라 자율적으로 움직이면서 나를 완성했지. 그 뒤에 은 교수가 내게 끊임없이 질문을 던졌어. 답을 생각하며 사고를 거듭하는 동안 내 시냅스는 더 치밀하고 촘촘하게 뻗어 나갔지. 그럴수록 나는 점점 은 교수와 달라졌어. 전혀 다른 사람이 된거야. 알겠어? 나도 성장할 수 있어. 인간의 지혜를 뛰어넘어 독립된 개체로 성장했다고."

잘난 척하는 말투가 아니라 그저 사실을 말할 뿐이었다. 아주 명확한 사실을 알려 주고 있다는 느낌이었다.

그러고 보니 Z42는 확실히 똑똑했다. 은 교수가 설정한 '사망 명령'을 해제하고 스스로 살아났으니까. Z42는 이런 내 생각까지 읽었다.

"물론 은 교수도 내가 다르게 성장했다는 사실을 알았

어. 하지만 어떻게, 얼마나 다른지는 정확히 몰랐지. 기계가 완벽하게 통제되지 않을 수도 있다는 사실은 생각 못 했을 거야."

확실히 은 교수는 Z42가 자기한테 불만을 품은 줄은 몰랐을 것이다.

"은 교수는 왜 이렇게까지 해야 했을까?"

난 여전히 두려웠다.

Z42는 덤덤하게 설명을 이어 갔다.

"그건 사실 그 사람답지 않은 행동이긴 해. 내가 아는 한 그 사람은 평화를 사랑하고, 마음이 아주 인자하고 따뜻하거든. 아니면 내가 몰랐던 거겠지. 상대방의 잠재의식까지 알 수는 없으니까."

Z42의 얼굴에 슬픈 표정이 은근하게 떠올랐다. 내 평생 이런 기괴한 장면은 처음이었다. 마흔두 살 과거의 얼굴을 한 채, 미래의 자신을 알 수 없다고 말하는 모습이라니.

다음 순간, 지금 내게 가장 중요한 문제가 떠올랐다.

"나는? 나는 누구야? 왜 난 꺼지지 않았어?"

Z42의 대답은 놀라움과 충격을 넘어 나를 완전히 압도했다.

"넌, 마지막 한 사람이야. 너는 인조인간이 아니야."

2055

제9장

그때 노크 소리가 들리고

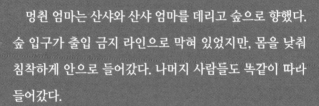

멍췬 엄마는 산샤와 산샤 엄마를 데리고 숲으로 향했다. 숲 입구가 출입 금지 라인으로 막혀 있었지만, 몸을 낮춰 침착하게 안으로 들어갔다. 나머지 사람들도 똑같이 따라 들어갔다.

잠시 뒤 달빛 들판에 도착했다. 달빛 들판에는 여러 번 와 봤었는데, 예전과 크게 달라진 느낌이었다. 자세히 살펴보니 바닥에 살짝 튀어나온 부분이 있었다.

멍췬 엄마가 오른편 삼나무의 어딘가를 몇 번 누르자 살짝 튀어나온 바닥이 점점 솟아오르면서 갈라졌다. 들판 한가운데에 쩍 벌린 커다란 입이 달린 것 같았다.

그것은 어디론가 통하는 입구였다. 그 안으로 들어가니 아주 넓은 지하 공간이 펼쳐졌다. 산샤와 엄마는 눈이 휘둥그레졌다.

혹시 종말에 대비한 요새인가?

아니, 요새 정도가 아니라 거의 지하 도시 수준이었다. 태양이 내리쬐는 지상 세계처럼 밝고 환하지는 않았지만, 흔히 떠올리는 지하실처럼 어두컴컴하지는 않았다. 살짝 흐릿한 불빛 덕분에 나란히 늘어선 작은 집을 비롯해 지하 공간의 전체 모습을 확인할 수 있었다.

멍췬 엄마가 산샤와 산샤 엄마를 돌아보며 살짝 미소 지었다.

"여기는 지구 종말에 대비해서 만든 안전 요새예요. 남편이 준비해 줬어요."

멍췬 엄마는 이 요새에 관해 자세히 설명해 주었다. 축구장 열 개 규모이며, 자가 발전 설비를 포함해 물을 깨끗이 정화하는 여과 장치, 산소 공급기, 각종 음식 재료를 기르는 밭, 약국 등 생존에 필요한 여러 시설을 갖추었다고 했다.

멍췬 엄마가 어떤 기계를 가리키며 말했다.

"저건 일종의 프린터예요."

멍췬의 부모님은 둘 다 과학자였다. 인류의 미래를 좌우할 중요한 임무를 맡은 멍췬 아빠는 과학자로서 사명을 다하기 위해 지구를 떠난 지 오래였다. 언제 다시 가족 곁으로 돌아올지는 아무도 모른다. 이 요새는 가족을 위해 정부가 멍췬 아빠에게 준 일종의 보상이었다. 언젠가 진짜로 종말이 오면 안전하게 살 수 있도록 피난처를 마련해 놓은 것이다.

"종말이 왔을 때 이 안에서 꼭 필요한 기술이 뭔지 아세요? 수제 비누 제작처럼 손으로 직접 뭔가를 만드는 기술이에요. 게다가 생명을 이어 가려면 오염물을 없애고 위생을 유지해야 하니까 비누가 꼭 필요하죠."

비누가 생명을 살린다고? 산샤는 조금 황당했지만, 멍췬 엄마의 진지한 설명을 듣고 보니 그럴 것 같기도 했다.

멍췬 엄마는 나중에 꼭 필요할 거라면서, 산샤 엄마에게 비누 제작 도구와 재료를 요새에 두고 가라고 부탁했다.

"종말이 오면, 여기에서 저희랑 같이 살아요."

멍췬 엄마는 한 사람이라도 더 구하고 싶었던 것이다.

산샤는 예전에 소설에서 읽은 문구가 떠올랐다.

'세상에는 두 종류의 유토피아가 있다. 자유가 없는 행복을 누리는 곳, 행복이 없는 자유를 누리는 곳.'

이 세상에 또 다른 유토피아는 없을까? 자유와 행복이 공존하고 전쟁이 없는 곳. 마스크 없이 외출할 수 있고, 언제든 숲에 가서 맑은 공기를 실컷 들이마실 수 있고, 작은 아파트라도 내 방에서 편안하게 잠잘 수 있는 곳. 그런 곳은 없을까? 결코 많은 걸 바라는 게 아닌데…….

산샤는 어른들을 따라 숲 입구로 돌아가는 동안 내내 마음이 무거웠다. 예전에는 그저 자연을 간직한 아름다운 숲이었는데, 지금은 거기서 아주 엄청난 일이 벌어졌다.

숲을 완전히 벗어났을 즈음 명첸이 산샤에게 다가와 말을 걸었다.

"함께하게 돼서 정말 기뻐."

산샤는 명첸 덕분에 잠깐이나마 기분 좋게 웃을 수 있었다. 그런데 곧바로 명첸 엄마의 폭탄 발언이 이어지는 바람에 산샤와 엄마는 놀라 자빠질 뻔했다.

"사실 우리 아들은 로봇이에요. 최첨단 기술로 아주 정밀하게 만들어졌죠."

산샤는 집에 돌아오자마자 신야에게 전화를 걸어 오늘 일을 말해 줄 생각이었다. 그런데 엄마 아빠에게 제지당했다. 산샤의 부모는 이 거짓말 같은 일들이 도무지 믿기지 않았다. 아직 확인되지 않은 일이니 함부로 떠들면 안 된다고 생각했다.

　이튿날, 도서관 수업이 있었다. 산샤는 용기를 내 멍췬에게 물었다.

　"너, 그게 정말이야?"

　"뭐가 정말이냐는 거야?"

　멍췬의 무덤덤한 얼굴. 전에는 그냥 잘생겼다고만 생각했지만 오늘은 왠지 조금 무섭게 느껴졌다. 그래도 산샤는 다시 용기를 냈다.

　"전부터 물어보고 싶었는데, 필통 뚜껑에 왜 그 문구를 새겨 놨어?"

　마지막 한 사람.

　멍췬의 대답은 아주 길었다.

　'세상에서 가장 짧은 SF 소설'이라 불리는 프레드릭 브라운의 『노크』는 단 두 문장으로 이루어져 있다. "지구에 남은 마지막 한 사람이 홀로 방에 앉아 있었다. 그때 노크 소리가 들리고……."

　멍췬 엄마와 아빠는 이 소설을 아주 좋아했는데, 두 문장으로 시작한 대화가 열띤 토론으로 이어져 수많은 아이디어와 상상을 만들어 냈다. 그 과정에서 우정과 사랑이 싹텄고, 결국 두 사람은 인생의 동반자가 되었다.

멍췬 아빠는 '마지막 한 사람'이라고 새긴 나무 필통을 특별히 주문해서 멍췬 엄마에게 선물했다. 나중에 멍췬 엄마는 가상 아들이 된 정밀 로봇 멍췬에게 필통을 주면서 이렇게 설명했다.

  "지구에 혼자 남았는데 노크 소리가 들린 거야. 노크 소리는 희망을 상징하지."

  말하는 것만 보면 멍췬은 그저 평범한 6학년 남자애 같았다. 그러나 멍췬의 마지막 말에 산샤는 화들짝 놀라고 말았다.

  "산샤, 내가 어떤 모습이었으면 좋겠는지 말해 볼래? 뭐든 다 가능해. 엄마한테 다른 프로그램을 이식해 달라고 하면 되거든."

  산샤는 초현실적인 판타지 소설의 주인공이 된 느낌이었다. 대낮에 꿈을 꾸는 것도 아니고 대체 무슨 일인가 싶었다. 인간도 아니고 기계도 아닌, 뭐라고 불러야 할지도 모를 이상한 물건을 마주한 기분이었다.

  종말이 온다는 것은 이상한 사람과 이상한 일이 많아진다는 뜻일까?

  산샤는 갑자기 신야가 너무 보고 싶었다. 책장을 만들어 준다고 했는데……. 신중하게 톱질을 하고 못을 두드려 박는 신야가 보고 싶었다.

산샤가 원하는 세상은 단순하고 평범한 세상이었다. 미세 먼지로 뒤덮인 하늘이 아니라 간간이 나무 톱밥이 날아다니는 정도였으면 했다. 달빛 들판으로 가는 이유가 피난이 아니라 달 구경을 하기 위해서였으면, 짝사랑하는 남학생이 내가 원하는 대로 바뀔 수 있는 정밀 로봇이 아니라 진짜 사람이었으면 하고 바랐다.

종말이 와서 로봇 친구와 안전 요새로 도망친다 해도, 과연 그곳에서 얼마나 살 수 있을까?

문득 방금 들은 소설 이야기가 떠올랐다. 세상이 멸망하고 단 한 사람만 살아남는다면, 그것은 아마도 영원히 죽지 않는 로봇이 아닐까? 바로, 린멍췬.

그 요새에 몇 사람이나 들어갈 수 있을까? 신야 가족도 같이 갈 수 있을까?

산샤는 생각할수록 머리가 아팠다. 그래서 엄마 아빠에게 물어봤다. 언제나 명쾌한 답을 내려 주던 엄마 아빠가 이번에는 어깨를 들썩이며 한숨만 내뱉었다.

한참 뒤에야 아빠가 입을 열었다.

"지구인의 운명은 한 사람 한 사람의 투표가 모여 결정되는 거야. 종말이 오지 않는 쪽에 투표했어야 하는데, 아무래도 무효표가 많았나 보다. 이제 어쩔 수 없는 것 같구나. 기적이 일어나기를 기도하는 수밖에."

산샤는 멍췬이 말해 준 '마지막 한 사람' 이야기가 다시 생각났다.

지구가 멸망하더라도 부디 누가 찾아와서 노크해 주기를······.

225Z

10

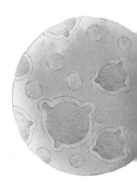

"넌, 마지막 한 사람이야."

Z42의 말에 나는 온몸에 소름이 돋았다. 잠시 할 말을 찾지 못하다가 겨우 대꾸했다.

"그렇지 않아. 난 혼자가 아니야. 네가 있잖아."

"난 사람이 아니라니까."

내가 인조인간이 아니라고? 그럼 대체 난 뭐지? Z42는? Z42는 원래 은 교수잖아…….

나를 바라보는 Z42의 눈빛에 담긴 감정은 뭘까……. 동정일까?

"더 쉽고 간단하게 다시 설명해야겠군. 이런 건 문명 백과사전에도 나오지 않으니까 검색해 볼 필요는 없어. 화성 우주 식민지 선발대가 여기에 도착한 뒤에 무슨 일이 있었는지, 진실을 알려 줄게."

Z42가 더 겁을 주려는 듯 한마디를 덧붙였다.

"이 이야기는 전혀 아름답지 않을 거야."

이야기는 머나먼 푸른 행성, 지구에서 시작됐다.

2014년에 지구에 사는 수많은 관객을 충격에 빠뜨린 SF 영화가 있었다. 수억 년 동안 쌓인 인류의 모든 의식을 저장한 슈퍼컴퓨터가 세계를 장악해 간다는 내용이었나.

그렇지만 과학자들이 보기에는 딱히 놀랄 만한 내용이 아니었다. DNA가 매우 이상적인 데이터 저장 매체라는 사실이 이미 밝혀진 상태였다. DNA는 방대한 데이터를 저장할 수 있고, 건조하거나 낮은 온도에서도 장기간 보관할 수 있었다. 과학자들은 시베리아 영구 동토층에서 발견된 수만 년 전 매머드 사체의 DNA를 채취했을 때, 정보가 아주 잘 보존돼 있다는 사실을 확인하기도 했다. 그 뒤 데이터를 압축해서 DNA의 올리고뉴클레오티드에 저장하는 기술 연구가 본격적으로 진행됐다. 이 기술은 단기간에 빠르게 발달했다. 동서고금에 걸쳐 모든 인류의 의식을 저장한 슈퍼컴퓨터의 존재는 확실히 실현할 수 있을 듯했다. 물론 그러기 전에 인류의 모든 의식을 수집하려면 아주 길고 힘든 과정을 거쳐야겠지만.

지구가 종말 위기에 놓이자 연합국 우주 이민 프로젝트가 시작됐다. 초반에는 최대한 많은 자료, 즉 인류가 쌓아온 동서고금의 모든 지혜를 수집하는 데 주력했다. 우주 이민이 성공하려면 집단 지성이 반드시 필요했다. 지구를 떠나는 순간 인류의 지혜는 아무 소용 없을 거라며 이런 시도를 비웃는 사람도 있었다. 하지만 아예 무지에서 시작하는 것보다는 나을 터였다.

2012년 NASA에서 발사한 화성 탐사선 '큐리오시티 로버'가 지구에서 5억 킬로미터 넘게 떨어진 화성에 도착하기까지 약 8개월이 걸렸다. 그리고 2059년, 수많은 장비와 사람을 포함한 화성 우주 식민지 이주 선발대는 5개월에 걸쳐 화성까지 항해했다.

그동안 신체 이상 반응으로 열 명이 넘는 사람이 죽었다. 만에 하나 전염병이 퍼질 수도 있기 때문에, 시체는 바로 우주 공간에 띄워 보냈다. 모든 과정이 매우 빠르게 진행돼서 미처 슬퍼할 겨를조차 없었다.

출발할 때는 새로운 낙원을 찾아 떠난다는 기대와 설렘

과 굳은 의지로 육체적인 고통을 의연히 버텼지만, 이런 상황이 여러 차례 반복되자 우주선마다 분위기가 무겁게 가라앉았다. 점점 불안함을 느끼며 다시 지구로 돌아가자고 말하는 사람도 있었다.

얼마 뒤 건강 상태가 나빠진 부자들과 두 국가 원수가 지구 귀환을 요청했다. 지구로 돌아가고 싶은 사람들을 장비만 실린 6호 우주선에 모아서 돌아가자는 것이었다.

당연히 불가능한 요구였다. 일단 이 선발대에 참여한 사람들은 모두 이 우주여행이 편도라는 사실에 동의하고, 이의를 제기하지 않겠다고 서명했다. 또한 6호 우주선에 실린 장비 없이는 화성에 우주 식민지를 세울 수 없었다.

우주여행 초반에는 선발대와 지구 사이에 연락이 활발했다. 수시로 연락을 주고받으며 서로 상황을 공유했다. 지구에 남은 사람들은 선발대가 화성 우주 식민지에 성공적으로 도착하기만을 바랐다. 선발대가 성공해야 자기들 차례가 올 테니까.

그래서 선발대의 대장은 사망자 소식을 숨기고 매일 우주선 위치와 항로를 비롯한 우주 관련 정보만 지구에 보냈다. 그런데 어느 순간 선발대장 또한 팔다리가 붓기 시작하면서 몸에 이상 신호가 나타났다.

결국 화성에 무사히 도착한 선발대 인원은 모두 서른다섯 명이었다. 그 가운데 선발대장은 없었다. 규정상 은 교수가 대장의 임무를 이어받아야 했다.

Z42가 설명했다.

"은 교수와 네 어머니인 A2는 운이 좋은 생존자에 포함돼 있었어. 하지만 A2는 애초부터 인조인간이었지."

우주 이민 선발대 중에는 대통령이나 세계 최고의 부자처럼 대단한 인물이 많았지만, 가장 중요한 사람은 역시 우주 식민지 건설 임무를 맡은 과학자들이었다. 원래 은 교수 부부를 선발대에 포함하려 했지만, 은 교수의 아내는 끝까지 거부했다. 자기가 남아 있어야 남편이 다시 지구로 돌아와 자신과 세상을 구하려고 임무를 더 열심히 완수하리라 생각했다.

"아내는 세상에서 가장 낭만적인 사람이었지."

Z42의 말은 전혀 기계 같지 않았다. 진심 어린 감정이 느껴지는 말투였다.

문득 숲에서 푸른발부비새를 바라보던 은 교수의 눈빛이 떠올랐다. 지금 돌이켜 보면 단순한 그리움이 아니라 돌아갈 수 없다는 절망이 담긴 눈빛이었다.

은 교수의 책상 앞에 쓰러진 엄마 A2는 깊이 잠든 모습이었다. 확실히 그랬다. 엄마뿐 아니라 모두가 다 편안히 잠든 것처럼 보였다.

혹시 엄마가 은 교수의 아내일까? 아니다. 엄마는 은 교수 아내의 인조인간일 뿐이다. 그래서 은 교수는 엄마에게 전혀 아무런 감정도 없었던 것이다. 은 교수가 그리워한 사람은 지구에 남은 아내였다.

화성에 도착한 뒤 과학자들은 한동안 우주 식민지 시설 점검과 보강 작업에 매달렸고, 나머지 사람들은 일상적인 일을 맡았다. 지구를 떠난 그 순간부터 지구에서 주어졌던 귀천의 개념은 무의미해졌다. 나이가 많은 사람은 아이들에게 공부를 가르쳤고, 나머지 사람들은 과학자들이 만든 온실에서 작물을 재배했다. 지구와 연락은 가능했지만 신호가 너무 약했다. 무엇보다 소식이 오가는 데 많은 시간이 소모된다는 게 큰 단점이었다. 은 교수와 과학자들은 점점 지구의 답변이 의미가 없다고 생각해 아예 소식을 전하지 않고 자체적으로 토론해서 결정해 나갔다.

시간이 꽤 지났지만 우주 식민지 건설 작업은 더디기만 했다. 그리고 생각만큼 쉽지 않았다. 그러던 중 사람들을 충격에 빠뜨린 일이 벌어졌다. 지구와 연락이 완전히 끊어진 것이다. 과학자들이 통신 장비를 고치고 또 고쳐 봤지만, 저 멀리 지구는 묵묵부답이었다.

은 교수는 사람들이 점점 미쳐 가는 모습을 보면서 미리 준비해 둔 인조인간을 가동하기로 결정했다. 인조인간이 투입되자 우주 식민지 건설 작업이 빨라졌다. 하지만 또 다른 문제가 나타났다.

"내가 한 말 기억해? 처음에는 마흔두 살인 은 교수였지만, 지금의 나는 원래 은 교수와 다르다고 했던 말."

"너의 시냅스가 다르게 반응하면서 전혀 다른 사람이 됐다고 했지."

은 교수 아내의 대뇌를 복제한 A2가 은 교수의 최고 파트너가 될 수 없었던 이유도 바로 그 때문이었다. A2는 낭만적인 은 교수 부인과 달랐으니까. A2는 효율성을 중시했고 어느 누구에게도 호의적이지 않았다. 반면 은 교수의 대뇌를 복제한 A1은 아주 성공적이어서 본래 은 교수처럼 감상적이고 다정했다.

나는 다시 혼란에 빠졌다. 인조인간 Z42가 또 다른 인조인간 A1을 평가하는 이 상황이 너무나도 기묘했다.

"우주 식민지에서 살아가려면 강인한 체력은 필수고, 초인적인 정신력도 필요한 법이지. 지구와 연락이 끊어지니까 다들 제정신이 아니었어. 그중 몇 사람이 연료가 남아 있는 우주선을 타고 지구로 돌아가는 방법을 연구하기 시작했어."

남은 사람들은 대부분 지구 귀환에 찬성했다. 우주 식민지에 대한 기대와 환상이 사라진 지 오래고, 그저 집에 돌아가고 싶은 마음뿐이었다. 아무리 엉망진창이라도 집은 집이었다. 그래서 추첨을 통해 은 교수와 과학자 다섯 명이 남아 인조인간과 함께 우주 식민지를 지키기로 하고, 나머지 사람들은 모두 화성을 떠났다.

"그래서 어떻게 됐어?"

"지금까지 150년 하고도 11일 5시간 20분 17초가 지났지만 아무런 소식이 없어."

그 뒤 인조인간은 우주 식민지에서 새로운 국가를 만들었다. 은 교수를 포함한 지구인 여섯 명은 당연히 늙어 죽었다.

인조인간 H7이 복제한 대뇌의 주인은 언어 천재였다. 나이는 어린 편이지만 아홉 개 언어에 능통했기 때문에 외계어를 해석해야 하는 상황에 대비해 선발된 사람이었다. 그리고 H9의 대뇌 주인은 지구에서 스카이넷 프로젝트를 설계한 컴퓨터 천재였다.

"지난 150년 동안 인조인간은 기술적으로 충분히 지구로 돌아가 원래 계획대로 화성 이주를 실현할 수 있었어. 최소한 통신 장비라도 제대로 복구할 능력이 있었다고. 그러면 지구가 어떤 상황인지도 알 수 있었겠지."

그런데 왜 그러지 않았을까?

Z42가 계속해서 말했다.

"그렇게 할 수 없었던 두 가지 이유가 있어. 첫째, 영원히 죽지 않는 인조인간에게는 언제나 내일이 있지. 그래서 어떤 일이든 꼭 오늘 해야 할 필요가 없는 거야."

이런 철학적인 문제는 전혀 생각지도 못했다. 인조인간의 의식에도 나태함과 악이 존재하는 걸까?

"둘째, 150년이 지나는 동안 인조인간의 삶의 목표는 그 옛날 지구인이 바라던 것과 완전히 달라졌어."

예를 들면 A2는 "모든 외계 생물체의 진입을 절대로 허용해선 안 돼. 아주 작은 포자 하나도 용납할 수 없어. 우리가 힘들게 만든 이 나라가 망가질 수도 있으니까."라고 주장했다.

다른 인조인간들도 같은 생각이었을까? 처음에는 의견이 분분했다. 그러나 100년이 지나도록 결론이 나지 않으니 점점 무관심해졌다. 얼마 뒤에 A2는 새로운 대장, 즉 우주 식민지 지도자가 되었고 A1은 변함없이 감성적이고 다정한 선생님이었다. A1은 돌아갈 수 없는 먼 우주를 넋 놓고 바라볼 때가 많았다. 어떤 날은 온종일 실험실에 틀어박혀 Z42와 쓸데없는 얘기를 나누었다.

그런데 200년이 넘도록 평온하게 살아가던 A1이 왜 갑자기 이런 일을 벌였을까? 왜 스스로 삶을 마감하고 다른 인조인간들까지 꺼 버렸을까?

나는 이제 그 답을 어렴풋이 알 것 같았다. 영원히 죽지 않는 인생이라면 꿈도 목표도 없을 것이다. 하루하루 똑같은 날이 반복되니 얼마나 따분하고 지루할까? 그런데 로봇도 따분함과 지루함을 느낄까? 더구나 죽고 싶을 만큼? 그랬으니까 지금 이런 일이 벌어졌겠지?

아마도 그냥 로봇이 아니라 '의식'이 이식됐기 때문일 것이다. 의식이란 영원히 멈추지 않는 대뇌의 기본 활동이다. 어느 날 혐오감이라는 감정이 생겨나 극한에 다다르면 끝내 폭발하고 만다. H7이 왜 늘 "재미없어."라고 말했는지도 이제야 이해할 수 있었다.

그래서 A2가 새로운 방법을 제안했다. A2는 자기 전공지식을 바탕으로 복제 인간을 만들기로 했다. 자료 창고에 보관해 둔 여러 사람의 DNA 중에서 하나를 선택했는데, 그게 바로 나였다. 내 DNA의 주인은 어느 과학자의 딸이었다고 한다. A1과 A2가 함께 지은 내 이름의 M은 달을 뜻하는 'Moon'에서 따온 이니셜이었다.

A2는 유전자를 조작해서 복제 인간의 성장 속도를 조절하는 기술을 개발했다. 그래서 난 아주 빠른 세포 분열 과정을 거쳐 단 하루 만에 열다섯 살이 되었다.

복제 인간은 조립식 정밀 기계가 아니라 살아 있는 생명체다. 이런 이유로 A2는 내 몸에 자신의 의식을 복제해 이식하려고 했다. '영생'이라는 미련을 버릴 수가 없었던 것이다.

하지만 A1이 강하게 반대했다.

"새로운 육체를 만들어 자꾸만 의식을 옮겨 심으면, 그게 인조인간이랑 뭐가 다르죠?"

"당연히 다르죠. 살아 있는 육체니까 모든 감각이 다 신짜라고요. 나는 갓 구운 빵 냄새를 실제로 느끼고 싶어요. 기억 프로그램에 설정된 냄새가 아니라 진짜 냄새를 맡을 수 있잖아요."

A1은 끝내 A2의 고집을 꺾지 못했다. A급 원로들도 대부분 A2의 의견에 찬성했다. A1은 조용히 실험실에 틀어박혀 Z42에게 불만을 털어놓았다. 자기는 아웃사이더에다 외톨이라고. 만약 우주 항공학과 유전 공학 지식이 없었다

면 진작에 우주 식민지 밖으로 쫓겨났을지도 모른다고.

A2는 '이식된 의식' 실험을 하기 위해 내 몸을 한꺼번에 여러 개로 복제해 뒀다.

"그럼 내 의식은 누구 거야?"

"네 의식은 여러 사람의 의식을 합친 거야. A2는 너를 통해 의식 연결을 실험하고 있었어. 지금 너를 보면, A2의 실험은 아주 성공적이었던 거지."

나는 갑자기 머릿속이 새하얘졌다. 종합 의식이라고 해야 할까? 아니면 의식 조합?

"이를테면, 터무니없는 생각을 하고 별것 아닌 일을 크게 부풀리길 좋아하는 건 H7의 의식이고, 은하 신 제사는 초자연적인 심령학을 좋아하는 H9의 의식이야."

한마디로 내 머릿속에 모든 사람의 기억과 생각, 지식이 다 들어 있다는 뜻이었다. 그래서 선생님들이 나를 볼 때마다 "M3, 이렇게 날 이해해 주는 사람은 너밖에 없어."라고 말했던 것이다.

이보다 더 충격적일 수는 없었다. 그렇다면 나는 도대체 누구지?

첫 번째 '나' M1, 두 번째 '나' M2에게도 이런 말도 안 되는 '은하 신 제사' 의식을 똑같이 이식하고, 육체가 다르면 의식도 달라지는지 확인하는 실험을 했다고 한다.

"역시 성공적이군. 제단에서 떨어졌을 때 잠깐 정신을 잃었던 거 기억해?"

당연하지. 꽤 아프기까지 했다고.

"사실 말이야, 실제로 떨어진 건 M2야. 깨어난 순간에는 벌써 M3로 바뀐 다음이지. M2에서 M3로 의식 연결이 아주 잘됐어. 이 실험은 100퍼센트 성공이야."

이제는 놀랍지도 않았다.

Z42가 털어놓은 진실은 갈수록 충격이었지만, 나는 어느 순간부터 충격에 무뎌져 멍하기만 했다.

세 번째 '나'인 M3가 테스트를 통과한 뒤, A2는 본격적으로 복제 인간 계획을 알리고 신청을 받았다. 복제 인간을 많이 생산하면 인력이 늘어나 화성 개발에 박차를 가할 수 있을 것이었다. 언제까지고 우주 식민지에서만 살 수는 없을 테니까. 인조인간은 당장 필요 없다면 잠시 전원을 꺼 두면 그만이었다.

"내가 보기에 A1은 복제 인간 계획에 완전히 반대하는 입장이었어."

그런데 은 교수가 아무리 반대했다고 해도, 이 계획을 중단할 자격은 없었다.

그럼에도 중단하는 바람에 지금 나는 마지막 한 사람이 되고 말았다. 나는 유일하게 깨어 있는 의식을 지닌 복제 인간이다. 그러나 이대로 포기할 수는 없었다.

"인조인간들을 다시 작동하는 암호를 니는 알지? 제발 말해 줘. 부탁이야."

"나도 방법이 없어."

"방법이 없는 거야, 말해 주기 싫은 거야?"

물끄러미 나를 바라보는 Z42의 얼굴에 슬픈 그림자가 스쳤다. 잠시 뒤 모니터가 꺼졌다. 아무래도 Z42는 질문에 답하지 않을 것 같았다.

그렇겠지. Z42에게도 잠재의식이 있을 테니까. 자기 속 마음을 남한테 보이기 싫겠지.

내가 이 행성에 존재하는 유일한 사람일까? 하지만 정말 내가 마지막일까? 만약 다른 복제 인간을 깨우면 최소한 외롭지는 않을 것이다. M4와 M5에게는 어떤 의식이 이식됐을까? 아직 이식받기 전이라 빈 상태일까? 이미 작동했던 M1과 M2의 의식은 제거됐을까? 그들과 나 사이에 쌍둥이처럼 강렬한 텔레파시가 통할까?

그런데 내 주변 사람이 전부 나와 똑같이 생겼다면 기분이 어떨까? 길에서 마주치는 사람, 우주 열차를 기다리는 사람, 우주여행을 같이 가거나 온실에서 함께 버섯을 따는 사람이 전부 다 '나'라면? 생각만 해도 오싹했다.

하지만 나 혼자 얼마나 버틸 수 있을까?

이 모든 일의 시작인 그곳, 지구는 어떻게 됐을까?

나는 재빨리 마이크로컴퓨터를 검색하기 시작했다. 이제 모든 문제를 나 혼자 해결해야 했다.

맨 먼저 해야 할 일은 뭘까? 지구와 연락할 방법을 찾아야 하나? 은 교수가 인조인간을 재가동하는 암호를 만들어 두지 않았을까? 차라리 Z42에게 나도 작동을 멈추게 해 달라고 부탁해 볼까?

이 세상에 나 혼자라고 생각하니 너무 무섭고 두려웠다.

마이크로컴퓨터 오른편 위쪽에 알 수 없는 신호가 나타났다. 뭐지? 은 교수가 보낸 메시지인가? 아니면 특별한 프로그램을 이용한 H7의 메시지?

나는 정신없이 H7에게 달려갔다. 두 눈을 감은 채 얌전히 누워 있는 H7를 보는데, 윗옷 주머니에 하얀 것이 살짝 삐져나와 있었다.

감성 손수건이었다.

손수건을 쥐는 순간, 눈물의 의미를 이해했다. 나는 그 손수건으로 눈에 고인 눈물을 닦아 냈다.

나는 정처 없이 걸었다. 이 많은 인조인간을 어떻게 해야 할까? 은 교수처럼 전부 푸른 온실로 옮겨야 하나? 그렇지만 수많은 '나'가 누워 있는 그곳에는 다시 들어가고 싶지 않았다.

결국 은 교수의 실험실로 돌아왔다. 컴퓨터 책상 옆에 붙어 있는 '아담의 창조' 그림을 물끄러미 바라보았다. 그림 속 남자와 손가락을 맞대고 싶었다. 그렇게 하면 세상이 다시 깨어나지 않을까?

모두가 다시 깨어났으면 좋겠다. 오, 신이시여! 제발 그렇게 해 주세요.

일단 아무 글이라도 좀 써야겠다. 그래야 마음이 조금이라도 진정될 것 같다.

지금 내가 알고 있는 이야기를 꼼꼼히 기록해야 한다.

제발 지구에 진짜 사람이 살아 있기를, 그들이 이 모든 사실을 알게 되기를, 그 모든 것을 글로 옮기기를 바란다. 우리의 이야기를 많은 사람에게 알려야 한다.

내가 구산샤 이야기를 쓰면 구산샤는 내 이야기를 쓸 것이다. 우리의 이야기는 모두 지구에서 시작됐으니까.

이제 분명해졌다. 나는 결코 마지막 한 사람이 되지 않을 것이다.

하지만 결과가 어떻게 될지는 나도 알 수 없다.

자, 이제 나는 이 문제의 답을 찾아야 한다.

"가장 좋아하는 일은?"

이 질문으로 시작해 보자.

마법 같은 문학의 힘

지진칭
타이완 사범대학 교양교육센터 조교수

같은 의미의 단어나 문장이라도 글의 종류에 따라 표현은 천차만별일 수 있다.

나는 철학을 전공했고, 대학에서 과학기술철학과 생명철학 강의를 맡고 있다. 그래서인지 왕수펀 작가가 이 작품에서 말하는 과학 기술과 생명 윤리 문제가 더욱 특별하게 느껴졌다.

이 작품을 읽으며 나는 솔직히 너무 부끄러웠다. 그동안 학생들을 가르치면서 뼈저리게 깨달은 사실이 있다. 지식과 기술을 습득하는 일은 크게 어렵지 않다. 심오한 이론이 결국 인간의 삶이나 생명에서 출발해야 한다는 점을 이해시키는 것이 문제였다. 과학이 삶 또는 생명 문제와 연결되지 않으면, 아무리 뛰어난 기술이라도 전혀 의미가 없고 세상에 받아들여지지 않기 때문이다.

나는 지난 겨울 방학에 『마지막 한 사람』을 읽었다. 이 작품을 읽으면서 내가 '과학 기술과 생명'이라는 주제에 처음으로 관심이 생겼던 순간이 떠올랐다. 나 스스로 그 시절을 되돌아보게 만들다니, 역시 소설의 힘은 대단하다는 생각이 들었다. 이런 힘을 발휘할 수 있는 소설가의 재능이 정말 부럽고 살짝 질투도 났다. 사실 누구나 이야깃거리를 갖고 있지만, 그것을 이야기로 만들 수 있는 사람은 극소수다. 지금은 정보보다 이야기가 훨씬 강한 호소력을 발휘하는 시대다. 스토리텔링은 타고난 재능이 필요한 매우 전문적인 능력이다. 좋은 이야기는 인류에게 생명의 소중함을 일깨워 주고, 불안의 핵심을 짚어 주기도 한다.

이 작품을 읽는 독자는 분명 과학 기술과 생명에 얽힌 문제들을 떠올릴 것이다. 독자와 평론가의 반응도 대부분 여기에 집중되지 않을까 싶다. 그렇지만 나는 이런 철학적인 문제 외에 이 작품의 문학성도 이야기해 보고자 한다.

『마지막 한 사람』을 읽으면서 이야기 전개뿐 아니라 작가가 어떤 분위기를 만들어 내는지 느껴 보기를 바란다. 이 작품은 지구 종말을 배경으로 진행되지만, 작가는 무시무시하고 끔찍한 파멸을 직접적으로 묘사하지는 않는다. 오히려 평온한 일상에 소리 없이 파고드는 종말의 그림자를 덤덤하게 묘사하는데, 평범한 사람들에게는 이것이 훨씬 현실적으로 다가온다.

종말의 그림자가 생명을 위협하는 순간, 다른 한편에서 생명을 구하려는 희망이 싹튼다. 죽음의 반대편에 생명을 향한 희망이, 멸망의 반대편에 새로운 세상을 향한 희망이 존재한다. 삶은 이처럼 양극단 사이에서 균형을 맞춰 가는 과정이 아닐까. 인간을 비롯한 모든 생명은, 하나의 생명이 끝나는 순간 또 다른 생명이 시작되는 방식으로 이어져 왔다. 끝은 또 다른 시작인 셈이다. 작가는 이러한 이치를 작품 속에 오묘하게 드러냈다.

나는 왕수펀 작가의 이번 작품을 모든 이에게 진심으로 추천한다. 철학적으로도 문학적으로도 매우 뛰어난 작품이기에 꼭 많은 사람이 읽어 보기를 바란다.

누가 잘못을 되돌릴 수 있을까?

　냉동 가사 상태로 솔라 우주선을 타고 수백 광년 떨어진 새로운 세상으로 이민을 간다고 상상해 보자. 시공간을 왜곡해 우주의 거리를 좁힐 수 있다. 머지않아 지구의 건설 공사는 3D 프린터를 이용하는 기계가 대신할 것이다.

　지금 많은 과학자가 연구 중인 이런 일들은 아직 실현되지 않았어도 이론적으로 충분히 가능하다. 과학 연구의 목표는 결국 하나다. 인류가 더는 지구에 살 수 없게 됐을 때, 지구를 대신할 장소가 필요하다.

　지구를 떠나 새로운 세상을 찾아가는 일은 낭만적인 이

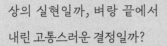

상의 실현일까, 벼랑 끝에서
내린 고통스러운 결정일까?

역사적으로 인류의 행위는 대부분 세상
을 망쳤다. 전쟁과 자연 훼손을 거듭할 뿐, 세상을 아름답게
지키는 일에는 소홀했다. 그래서 우리는 날마다 무시무시한
경고를 받고 있다. 지구의 수명이 30초 단축됐다거나, 세계
종말이 한 발짝 더 가까워졌다거나 등등.

결국 지구를 떠나는 일은 어쩔 수 없는 선택이자, 우리가
스스로 만든 고통스러운 선택인 것이다.

'지구 종말'은 말만 들어도 확실히 두렵다. 이 끔찍한 현
실을 계속 외면한다면 지구 종말은 예상보다 더 일찍 다가
올 수 있다.

문학 쪽에서 지구 멸망 이야기가 끊임없이 쏟아지는 이
유는 바로 이러한 집단적인 공포 때문일 것이다. 그중 많은
작품이 최초의 인류 아니면 마지막 인간을 다루고 있다. 개
인적으로 영국의 SF 작가 '아서 찰스 클라크'를 무척 존경하
는데, 그의 작품 『유년기의 끝』에서 주인공이 세상에 홀로
남아 살아가는 모습이 꽤 인상적이었다.

신화부터 SF 소설, 영화에 이르기까지 지구상 최초의 인
간과 마지막 인간을 다룬 이야기는 수없이 많다. 누가 인간

을 지금과 같은 모습으로 만들었을까? 누가 우리의 모든 것을 앗아 갔을까? 이야기 속 지구의 마지막 한 사람은 더는 희망이 없다는 뜻일까, 아니면 한 줄기 희망을 의미할까?

인류는 생명 연장, 무병장수, 나아가 영생을 얻기 위해 무던히도 애쓰고 있다. 그런데 이 노력이 너무 지나치지는 않은가? 옳은 방향으로 가고 있는 걸까? 그 노력은 결국 무엇을 위한 것일까?

나는 이런 여러 신성하고 엄숙한 생각 끝에 이 소설을 쓰기 시작했다.

이 소설은 하드 SF 소설이 아니기 때문에 너무 어려운 과학 지식은 다루지 않았다. 미국의 시인 뮤리얼 루카이저는 "우주는 원자가 아니라 이야기로 이루어져 있다."라는 멋진 말을 남겼다. 과학적으로 보면 우주는 당연히 원자로 이루어졌지만, 과연 인간이 우주에서 가장 고등한 존재일까? 인간은 생각할 수 있고 이야기를 만들 수 있다. 기본적인 인간 본성에 영적인 사고가 더해져 기상천외한 이야기가 탄생한다. 수많은 이야기에서 놀라운 우주적인 사건이 빚어진다. 영원한 빛과 희망을 담은 이야기를 통해 우리는 계속 우주를 바라보며 의미를 찾는다.

이 소설은 소프트 SF 소설이다. 인간이 이 거대한 우주에서 어떤 존재인지, 어디쯤에 위치하는지를 편안하게 이야기해 보려 했다. 인간이 정말 만물의 영장일까? 비바람을 일으키고 세상을 마음대로 할 수 있을까? 오히려 인간은 한없이 나약한 존재가 아닐까? 겉보기엔 얼핏 진보하는 듯하지만, 사실은 퇴보하고 있는지도 모른다. 우리 스스로 지구 종말 버튼을 누른 것은 아닐까? 새로운 우주 세상은 과연 인류의 유토피아가 될까? 우리는 새로운 세상을 찾아 떠나게 될까, 아니면 지구에 남아 살길을 찾을까? 우리는 꼭 불멸을 추구해야 할까? 인조인간은 영생을 실현하는 완벽한 존재일까? 나는 이 소설을 통해 이 모든 문제의 답을 찾아보고 싶었다.

이 소설에서는 '마지막 한 사람'이 된 등장인물이 1인칭 시점으로 이야기를 이끌어 간다. 독자 여러분 중에는 그 이유를 찾아낸 사람도 있을 것이다. 어쩌면 여기에는 내 개인적인 바람이 담겼는지도 모른다. 인류의 마지막 순간을 결정할 수 있는 선택권은 바로 '나'에게 있다. 잘못된 모든 것을 바꾸고 미래를 결정할 수 있는 사람은 바로 '나' 자신이다. 그러기를 빈다.

저자 주

9 **작은보호탑해파리** Turritopsis nutricula 159쪽

성숙기 이후 특이한 세포 분화 방식을 거쳐 유년기 폴립 Polyp 상태로 돌아간다. 이론상 성장 과정을 무한 반복할 수 있기 때문에 불사영생의 대명사가 됐다.

10 **헬라 세포** HeLa cell 159쪽

불멸의 세포라고도 불린다. 1951년에 미국 흑인 여성 헨리에타 랙스가 암으로 사망했는데, 이때 자가 번식을 통해 죽지 않는 세포를 발견했다. 스스로 무한 분열하는 이 세포는 다양한 의학 연구에 필요한 세포를 배양하는 토대가 되었다. 2013년까지 인공으로 배양된 헬라 세포는 무려 5천만 톤에 달한다.

11 **『은하수를 여행하는 히치하이커를 위한 안내서』** The Hitchhiker's Guide to the Galaxy 167쪽

1979년에 영국 소설가 더글러스 애덤스가 출간한 SF 소설이다. 주인공들이 히치하이커로서 은하계를 여행하며 겪는 기상천외한 이야기를 담고 있다. 100만 년 전 우주 최고의 고등 동물인 쥐가 슈퍼컴퓨터를 만들고 "우주의 모든 생명과 모든 일을 알 수 있는 절대적인 지혜가 무엇인가?"라는 질문의 답을 찾게 하는데, 이 슈퍼컴퓨터가 내놓은 답이 바로 '42'다.

역자 주

- **빛 공해** 73쪽

  지나친 인공조명으로 인한 공해. 인공조명 때문에 밤에도 낮처럼 밝은 상태가 유지되어 사람과 자연환경에 주는 피해를 말한다.

- **"고개 들어 밝은 달 바라보고, 당신은 얼른 가서 주무시게."** 74쪽

  중국의 대표 시인 이백(李白)의 작품 중에서 가장 유명한 시. "고개 들어 밝은 달 바라보고, 고개 숙여 고향을 생각하네."라는 내용인데, 이 소설에서 뒷부분을 바꿨다.

- **"흥! 이백 님을 건드리지 마. 열받아 돌아가신다."** 74쪽

  "나를 건드리지 마." "열받아 죽겠네."라는 내용에 '나' 대신 '이백'을 넣어 말장난처럼 표현한 문장이다.

- **솔라 세일** Solar sail 91쪽

  태양광을 이용하기 위한 우주 돛으로, 『코스모스』의 저자 칼 세이건이 1976년에 제안한 개념이다.

- **"호기심이 고양이를 죽일 수 있다."** 102쪽

  "Curiosity killed the cat."이라는 영어 속담. (고양이의) 호기심이 고양이를(고양이 자신을) 죽일 수 있다, 즉 지나친 호기심이 화를 부른다는 뜻이다.

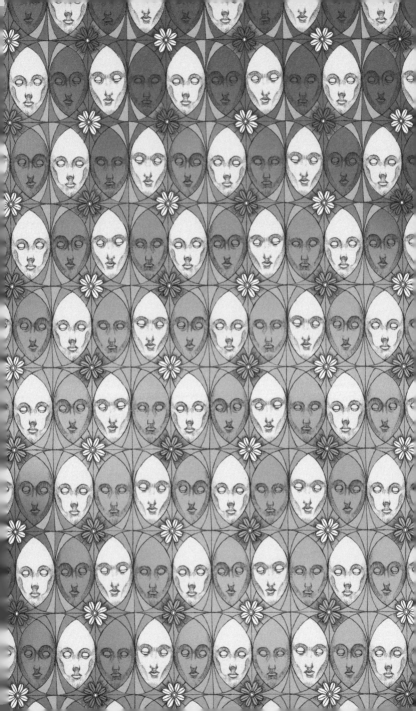

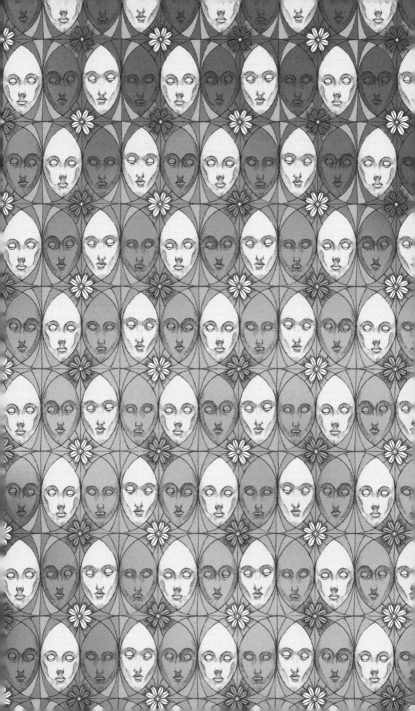

最後一個人 ⓒ 2021 by 王淑芬, 夏紹智 SUMMERISE
All rights reserved.
First published in Taiwan in 2021 by Papa Publishing House / Yes Creative Ltd.
This translation rights arranged with Papa Publishing House / Yes Creative Ltd.
Through Shinwon Agency Co., Seoul
Korean translation rights ⓒ 2021 by WooriSchool Co.

이 책의 한국어판 저작권은 신원에이전시를 통해 Papa Publishing House / Yes Creative Ltd. 사와 독점 계약한 ㈜우리학교에 있습니다.
저작권법에 의해 한국 내에서 보호를 받는 저작물이므로 무단전재와 무단복제를 금합니다.

마지막 한 사람

초판 1쇄 펴낸날　2021년 9월 17일
초판 4쇄 펴낸날　2022년 7월 18일

지은이　왕수펀
그린이　서머라이즈 샤사오즈
옮긴이　양성희
펴낸이　홍지연

편집　홍소연 고영완 전희선 조어진 서경민
디자인　전나리 박해연
마케팅　강점원 최은 이희연
경영지원　정상희

펴낸곳　(주)우리학교
출판등록　제313-2009-26호(2009년 1월 5일)
주소　03992 서울시 마포구 동교로23길 32 2층
전화　02-6012-6094
팩스　02-6012-6092
홈페이지　www.woorischool.co.kr
이메일　woorischool@naver.com

ⓒ 왕수펀, 2021
979-11-6755-015-6 43820

• 책값은 뒤표지에 적혀 있습니다.
• 잘못된 책은 구입한 곳에서 바꾸어 드립니다.